I0650035

FRANCE ET CANADA

PAR

HUGUES D'ARTOIS

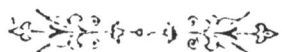

ARRAS

SUEUR-CHARRUEY

Imprimeur, Libraire, Editeur

Petite-Place, 20 et 22

—

1887

Format in-12 à 1 fr. le volume, 1 fr. 25, franco poste.

Rudolf ou l'Esclavage à Rome, par Ch. Dubois. 2e Édition.

Un enfant de la Germanie, traîné en esclavage dans la Rome païenne, passe tour à tour par les situations les plus critiques : la captivité, la fuite, l'amphithéâtre. Rendu à la liberté, il revient dans son pays, enrichi du précieux trésor de la foi chrétienne, mais tourmenté de la crainte de voir morte ou liée à un autre, la fiancée à laquelle il a consacré son amour.

Sous Pavillon étoilé, suivi de **Une haine de cent ans**, par Hugues d'Artois. 2e Édition.

Ces deux romans sont fertiles en fortes et saines émotions. Le premier fait pénétrer le lecteur jusqu'aux Pampas désertes de l'Amérique du Sud, et lui met sous les yeux nombre d'aventures plaisantes ou terribles, après lesquelles on parvient à retrouver un frère dont l'absence mettait obstacle à un mariage ardemment désiré.

Le second est une lutte terrible entre la haine qui a soif de vengeance et l'amour chrétien qui pardonne. En vain la haine appelle à son aide les revendications d'un peuple opprimé et multiplie ses plus affreuses machinations. La charité l'emporte, déjoue tous ces complots et finit par triompher d'une manière éclatante.

La Tour des Roches, par Hugues d'Artois. 2e Édition.

Ce roman retrace la lutte d'un puissant seigneur du XIIIe siècle contre une noble abbaye. Au moment où cet homme pervers se voit vainqueur, il se trouve en présence d'un chevalier qu'il croit mort, au fond de ses oubliettes de la Tour des Roches.

Arras. — Imp. Sueur-Charruey, Petite Place, 20 et 22.

FRANCE ET CANADA

PAR

Hugues d'Artois

8° Y²
40012

FRANCE ET CANADA

PAR

DÉPÔT LÉGAL
Pas de Calais
N° 1
1887

HUGUES D'ARTOIS

ARRAS

SUEUR-CHARRUEY, IMPRIMEUR-ÉDITEUR

PETITE-PLACE, 20 ET 22

1887

A Monsieur Charles DUBOIS,

Membre des Académies de Sainte-Croix et de Stanislas,

Hommage de sincère amitié.

Arras, ce 10 Avril 1886.

H. D'ARTOIS.

FRANCE ET CANADA

I

UNE SINGULIÈRE ENTREVUE

La nuit se faisait sombre. Une certaine animation régnait encore dans les rues d'Anapolis, mais
déjà les quais étaient déserts. Seuls, les pas des
gardes-côtes retentissaient sur le pavé sonore. Un
homme d'un certain âge arpentait le quai qui
s'étendait depuis l'entrée du chenal jusqu'au palais de la maréchaussée. Il semblait attendre
quelqu'un. Souvent, il s'arrêtait, pour écouter si
l'on ne venait pas, puis reprenait sa promenade
nocturne, en se parlant à lui-même.

— Palsamblou ! aurait-on voulu se jouer de moi ! Voilà près d'une heure que j'arpente le terrain, et l'homme ne paraît pas.

Et se reprenant, il ajoutait :

Il avait pourtant bonne mine, le matelot qui me remit cette lettre ce matin, lorsque je sortais de l'église Sainte-Clotilde, où j'avais accompagné Mademoiselle France à la messe. Me serais-je trompé de rendez-vous ? Voyons encore.

Le vieillard, — le promeneur avait bien soixante-dix ans, — s'approcha d'une des rares lanternes qui éclairaient faiblement le quai, et tirant un papier de sa poche, il lut à mi-voix :

« Veuillez vous trouver, ce soir à dix-heures
« quai de Champlain (*Marshalsea-quay*, pour nos
« vainqueurs). Vous me reconnaitrez à ces mots
« de passe : France et Canada. »

« Signé : Arthur de BOISLÉON. »

A peine avait-il replié cette laconique convocation, qu'un pas retentit dans l'ombre, et presqu'aussitôt, un jeune homme portant le costume de la marine française s'avança au devant du vieillard :

— France et Canada ! prononça le nouveau venu, en saluant, et aussitôt qu'il se fut approché, il ajouta :

— Vous devez trouver, Monsieur, ma façon

d'agir fort étrange ? Il fallait que je vous visse ce soir, devant prendre la mer, cette nuit même. J'espère que vous me pardonnerez ce dérangement, lorsque vous saurez qu'il s'agit du bonheur de votre enfant.

— De mon enfant ! reprit le vieillard ahuri. Mais, Monsieur, vous faites sans doute erreur, je ne connais pas les douceurs de la paternité.

— Vous n'êtes donc pas le père de la belle enfant que vous accompagnez, chaque matin, à Sainte-Clotilde ?

— Palsambleu ! Monsieur, ou vous êtes aveugle, ou vous ne m'avez jamais regardé, pour supposer que je puisse être le père de Mademoiselle France Gondart. Vous parlez au simple intendant de ce riche négociant.

— Faites excuse, Monsieur l'intendant, je suis marin et de simple passage à Anapolis. Vous comprendrez donc qu'il m'est permis de commettre une semblable erreur. Mais, puisque vous venez de me nommer le père de l'admirable jeune fille que je croyais être votre enfant, auriez-vous l'obligeance de me conduire tout de suite auprès de lui ?

— Ah ! Monsieur, mon maître n'est pas, ce soir, à Anapolis.

— Alors pourrai-je voir Madame Gondart ou sa fille même ?

— Impossible, Monsieur. Personne n'est admis auprès de Mademoiselle, sans l'assentiment de son père. Quant à sa mère, il y a longtemps qu'elle a quitté ce monde.

— Mais mon brave, il y va du salut et de l'honneur de votre jeune maîtresse !

— Je vous sais gré, au nom de mon maître, de votre bienveillante démarche. Mais je suis forcé de vous dire : Attendez à demain ; Monsieur Gondart doit rentrer, dans la matinée.

— Je ne m'appartiens pas. Je suis second à bord du *Saint-Malo*, et mon navire mettra à la voile, dans quelques heures.

— Alors, monsieur, confiez-moi ce que vous savez. Je serai votre fidèle interprète, mon dévouement et mon attachement à mes maîtres doivent vous assurer toute confiance. On peut vous dire, à Anapolis, que, depuis tantôt quarante-neuf ans, Corentin Lamorne est au service des Gondart.

— Je vous crois, monsieur Lamorne, et puisqu'il n'y a pas d'autre moyen, je vais vous entretenir d'un bien grave sujet. Mais, la place est mauvaise, pour causer longuement. Voilà là-bas un garde-côte qui écoute plutôt nos voix que le bruit venant du large. Gagnons, si vous le voulez, la Taverne du *Grand-Trappeur ;* nous pourrons y causer à l'aise, sans craindre les oreilles indiscrètes.

Les deux hommes remontèrent le quai. Arrivés

à la hauteur de Sémaphore, ils prirent une ruelle
sur la gauche et gagnèrent la place de l'Amirauté.
A l'angle de cette place, se trouvait une maison
basse où l'on voyait à la devanture une enseigne
grossièrement peinte, représentant un chasseur
de fourrures chargé d'un lourd butin. Le marin
entra le premier, précédant son compagnon. Il
salua de la main, et dit à voix basse à la vieille
femme qui tenait le comptoir :

— *Mère-la-Giffle*, je tiens à être seul avec mon
compagnon.

La femme interpellée et qui répondait au nom
de *Mère-la-Giffle*, devait ce sobriquet à un acte
de courage accompli, il y avait tantôt cinquante
ans.

Un jour, des jeunes gens étaient entrés au
Grand-Trappeur et pendant que la propriétaire
les servait, l'un d'eux, avisant une image sainte
qui figurait à la place d'honneur, fit une boulette
de pain de gruau et la lança violemment à la figure de la statue. Les éclats de rire des habitués
firent retourner l'hôtesse qui voyant, ce dont il
s'agissait, appliqua un violent soufflet à son client.
Elle était solidement charpentée la dame de
céans, et le jeune homme se le tint pour dit. Les
témoins de cette scène baptisèrent aussitôt Mme
Léonie du nom de *Mère-la-Giffle* ou simplement
la-Giffle.

L'établissement du *Grand-Trappeur* était le rendez-vous des chasseurs venant des bords du Saint-Laurent, et des marins français de passage à Anapolis. Depuis que la malheureuse Acadie appartenait aux Anglais, le *Grand-Trappeur* était devenu un rendez-vous politique. Les gens de police surveillaient attentivement l'entrée de cette modeste auberge. Les autorités auraient bien voulu fermer ce bouge qu'elles considéraient comme un lieu de réunion des conspirateurs ; mais jusqu'à ce jour, elles n'avaient osé sévir, de crainte d'augmenter encore la haine des vaincus. Elles se contentaient d'y envoyer des espions qui les tenaient au courant des conversations échangées entre les habitués du *Grand-Trappeur*.

Il y avait sans doute, ce soir-là, un de ces hommes payés par l'Angleterre, car, au moment où le jeune officier de marine demanda une chambre particulière, un individu essaya d'entendre ce que Arthur de Boisléon disait bas à la *Mère-la-Giffle*, mais reconnaissant sans doute le compagnon du marin, et ne tenant pas à être vu, il se dissimula de son mieux, et ce ne fut que quand le vieillard eut suivi son guide à travers un sombre corridor, que l'espion reprit toute son assurance.

— Nous sommes ici chez nous, père Lamorne, fit l'officier, après avoir refermé la porte de la modeste chambre où les avait conduits l'hôtesse.

Nous pouvons causer sans crainte. Asseyons-nous et buvons un verre de wisky, avant de nous entendre. Je vous dois, tout d'abord, une explication sur mon étrange conduite. Je suis Français, et qui plus est, marin. Donc, je vais droit au but et en deux bordées je vous conte toute l'histoire.

De plus, je suis breton, M... Lamorne...

— Un compatriote alors. Palsambleu! Mon nom de Corentin vous l'a appris, sans doute.

— Tant mieux, nous nous comprendrons plus facilement encore. Ne m'interrompez-pas, je vous prie, ou vous me ferez manquer l'heure du départ.

Je suis breton, donc aussi, fervent chrétien. Lorsque je le puis, j'aime à entendre la messe, et depuis trois semaines que nous faisons relâche à la baie des Français, j'allais le matin à Sainte-Clotilde, l'église la plus proche du port. Alors chaque fois, je vous voyais entrer et sortir, accompagnant la plus gracieuse fille que j'aie vue sur les deux hémisphères. Et, comme j'ai trente ans, et la vocation du mariage, je me disais que celui qui épouserait cette personne serait sans doute le plus heureux du monde. Pourquoi, me disais-je encore, ne serais-je pas cet heureux mortel ? Enfin je réfléchissais au moyen d'entrer en relation avec vous, lorsque hier étant en compagnie d'un ami, vous vintes à passer avec la jeune fille et je dis à mon compagnon :

« Tu vois cette jeune personne ? Eh bien, avant peu, elle sera ma femme. »

— Tu ne l'auras pas, ou il serait temps de te presser, car elle se marie dans huit jours. Une bordée me serait arrivée en pleine mâture, que je n'aurais pas été plus décontenancé.

— Avec qui ? dis-je aussitôt.

— Avec un Français, pardine ! Le père de cette jeune personne est un *chaud*, il n'en voudrait pas d'autre pour sa fille.

— Son nom, le sais-tu ?

— Georges Beauvert.

Je n'en écoutai pas davantage, et quittant mon compagnon, comme si j'allais faire un mauvais coup, je regagnai mon bord, où, pour comble de malheur, j'appris que nous levions l'ancre, cette nuit.

J'étais bien décidé à vous voir de suite. Il le fallait dans mon intérêt, mais surtout pour le bonheur de la jeune fille. Vous saurez pourquoi, tout à l'heure. Dans mon effarement, je n'avais même pas songé à demander votre nom, ni même votre adresse. Désirant parler à vous seul, et vous croyant le père de celle que j'aimais et qui courait un grand danger, je n'avais d'autre moyen que de vous attendre, le lendemain matin au sortir de l'église, et à vous donner un rendez-vous.

Pour comble de malheur, j'étais de service ce

matin à bord. Je dus confier ma lettre à un de mes hommes et vous dépeindre de mon mieux. Vous voyez que j'ai réussi, puisque mon matelot vous a trouvé et que nous voilà ensemble. Il me reste à vous apprendre maintenant mon terrible secret.

En deux mots, si ce que j'ai appris est vrai, Mlle Gondart va épouser un traître à sa patrie, qui plus est, un assassin !

— Palsombleu ! que dites-vous ? fit le vieillard, devenant plus blanc que la neige.

— La vérité, et rien que la vérité. Georges Beauvert est ce que je viens de vous dire.

— Mais des preuves ! des preuves !

— Oh ! je suis à même de vous en fournir. Cet homme faisait partie de notre glorieuse marine. Un jour, il y a de cela deux ans, il souleva l'équipage du petit brick sur lequel il servait en qualité de quartier-maître, et, après avoir assassiné le capitaine, il passa au service de nos mortels ennemis, les Anglais.

Que fait-il ici maintenant ? je l'ignore. Sans doute qu'il trame encore, dans l'ombre, une nouvelle infamie contre ses frères d'outremer.

Car sachez-le, père Lamorne, il se prépare de terribles choses.

En Europe, la paix semble profonde. Mais ici, le sol est en feu. L'Angleterre, non contente de nous avoir ravi l'Acadie, convoite le Canada et les terres de l'Ouest. Il va se passer avant peu de graves événements. Plaise à Dieu que notre glorieux drapeau ne subisse pas un nouvel échec ! Ma profession me défend de vous en dire davantage.

— Pour ce que vous m'apprenez au sujet de notre malheureux pays, rien ne m'étonne ; et j'en sais même peut-être plus long que vous sur les troubles qui se préparent. Quant aux antécédents de M. Georges Beauvert, j'en suis tout bouleversé. Je vous dirai franchement que son air patelin, sa figure et toute sa personne, m'étaient peu sympathiques. Mais comment expliquer qu'un homme chargé de crimes, traître à son pays, vienne justement solliciter la main de Mlle Gondart, la fille du plus patriotique français-canadien ?

— Il y a là-dessous une chose à éclaircir. Mais peu nous importe pour le moment. Ce qu'il faut à tout prix, c'est empêcher ce mariage.

— Pour cela, que faire ?

— Prévenir tout de suite votre maître et lui rapporter, dès demain, notre entretien.

M. Gondart ne me croira pas sans preuve évidente. Il est plus passionné en faveur de M. Beauvert que Mlle France.

Je pense même que cette bonne demoiselle se marie plutôt pour obéir à son père qu'elle aime tendrement, que par inclination.

— Vous dites que Mlle Gondart subit l'influence de son père ?

— Pas précisément. Mon maître est trop bon, il aime trop sa fille pour la forcer en une occasion si délicate. Mais il lui a fait voir toute la joie qu'il ressentirait, en la voyant devenir la femme de M. Beauvert, et Mlle France finit par croire ce que pense son père.

— Ecoutez, mon brave, il faut absolument empêcher Mlle Gondart de tomber aux mains de cet infâme.

Il n'y a pas à tergiverser un instant.

Vous allez regagner la demeure de votre maître, et demain matin à la première heure, avant le retour de M. Gondart, vous révélerez à sa fille tout ce que je vous ai appris ; et vous lui direz que, dans quinze jours, celui qui veut son bonheur sera de nouveau en vue d'Anapolis.

Si M. Gondart ne vous croyait pas, qu'il consente au moins à retarder le mariage jusqu'à cette date. Je serai alors à même de lui prouver ce que j'avance aujourd'hui. Apprenez-lui mon nom : Arthur de Boisléon, lieutenant de vaisseau à bord du *Saint-Malo*.

Si, comme je le pense, votre maître voulait me voir, prévenez la *Mère-la-Giffle*, et je serai bientôt auprès de M. Gondart.

Sur ce, mon brave, séparons-nous. Il se fait

tard, et j'ai juste le temps de regagner mon bord.

Quand le jeune officier et son compagnon descendirent, la salle du *Grand-Trappeur* était déjà vide ; mais au moment où ils franchissaient le seuil, une ombre passa devant la porte, et Arthur de Boisléon ne s'aperçut pas qu'un homme le suivait jusqu'au quai où l'attendait un des canots du *Saint-Malo*.

II

MICHEL GONDART ET SA FILLE, FRANCE.

C'était une ancienne maison que le comptoir de fourrures Michel Gondart d'Anapolis. Depuis plus d'un siècle et demi, Européens et Indiens de l'Amérique du Nord venaient y vendre le produit de leurs chasses.

Un André Gondart en avait été le fondateur, en même temps qu'un des premiers colons de l'Acadie. Fils de riches négociants rouennais, il avait montré, dès sa plus tendre enfance, de grandes dispositions pour le trafic. A l'âge de vingt ans, il prenait les affaires de son père et bientôt trouvant son centre d'action trop restreint, il eut l'occasion de créer une maison de commerce, comme il l'avait toujours rêvé.

Henri IV avait pris grand intérêt au récit de conquête du célèbre navigateur Samuel de Champlain au Canada et en Acadie, et il encourageait vivement ceux qui voulaient tenter un essai de colonisation. André Gondart fut un des premiers qui répondit à l'appel du roi.

Le 6 mai 1604, il s'embarquait au Hâvre, accompagnant de Champlain dans son second voyage en Acadie. A peine débarqué, André Gondart, aidé de quelques amis venus de France, s'installait sur le rivage d'une magnifique baie, donnant ainsi naissance à la colonie de Port-Royal qui devint bientôt la ville principale de l'Amérique du Nord.

Les chasseurs des bords du Saint-Laurent, de toute la baie d'Hudson, ne tardèrent pas à fréquenter la ville naissante où ils venaient échanger leurs pelleteries contre des armes, des munitions et autres provisions que leur offrait André Gondart. La maison prit bientôt une grande importance et fut une des plus florissantes, jusqu'au jour où le traité d'Utrecht enleva à la France les contours de la baie d'Hudson et l'Acadie toute entière. Dès ce moment, les Anglais, maîtres du pays, établirent de puissantes sociétés ayant des comptoirs sur toutes les rives et jusqu'aux mers glacées. La maison Gondart vit aussitôt baisser le chiffre de ses affaires et fut bientôt à deux pas de la ruine. En 1736, le dernier des Gondart prenait la lourde succession de la maison et lui rendit un peu d'essor.

Vif, entreprenant, Michel Gondart avait hérité avec le commerce de son père, une haine puissante contre les nouveaux maîtres du pays. Il luttait avec énergie, non-seulement pour soutenir noblement le prestige de sa maison ; mais encore pour tenir tête aux Anglais qu'il haïssait de toute son âme. Fils de Français, et de plus, arrière-petit-fils d'un des fondateurs de notre noble colonie de Port-Royal, il ne pouvait supporter la vue des nouveaux conquérants. Pour lui, la terre qu'il foulait était toujours française et sous son nom de Nouvelle-Ecosse, il aimait toujours sa chère Acadie. Anapolis était toujours Port-Royal, et s'il n'avait pas abandonné cette terre que les nouveaux maîtres essayaient, mais en vain, de britanniser, c'est qu'il espérait voir bientôt les lys de France fleurir à nouveau sur la terre acadienne.

Les Anglais reconnaissaient en Michel Gondart un ennemi sérieux, non-seulement pour la concurrence faite à leur commerce ; mais pour ses relations politiques. Plus d'une fois déjà, la police avait flairé un conspirateur sous les dehors du négociant et le Comptoir Gondart où affluaient les Français restés en Acadie et sur les bords du Saint-Laurent, ainsi que les Indiens alliés des anciens maîtres, était surveillé de près, comme un centre dangereux pour la colonisation anglaise.

Jusqu'à l'époque où commence ce récit, c'est-à-dire en 1755, Michel Gondart, sauf mille petites tracasseries ou vexations de la part des nouvelles autorités, n'avait pas été sérieusement inquiété.

Ce riche négociant vivait assez retiré, à son hôtel de la rue de Port. Il partageait son temps entre son commerce, une surveillance active des faits et gestes des Anglais, et l'éducation de son unique enfant. Michel Gondart avait donné à sa fille le nom de France, en souvenir de la patrie lointaine, et aussi, disait-il, pour prononcer toujours ce nom béni que les Anglais s'efforçaient, mais en vain, de faire oublier sur la terre conquise.

France avait perdu sa mère en voyant le jour. Elle grandit auprès de son père qui voulut s'ocuper seul de son enfant, sans le secours de mains mercenaires. La jeune fille avait puisé à cette source noble et généreuse, une nature ardente et un grand amour de la patrie si malheureuse.

France était d'une beauté peu commune. Ses cheveux blonds s'accordaient avec son visage d'une douceur ineffable. Ses yeux, légèrement voilés de longs cils, avaient un pur et angélique regard ; son teint d'une blancheur éclatante rougissait avec une facilité extrême, et l'on eût dit voir couler un sang généreux sous le velouté de sa peau.

Ni trop grande, ni trop petite, elle avait la taille bien prise. Enfin tout son être respirait la dignité et la grâce.

Si Dieu lui avait donné la beauté, il lui avait surtout accordé un bien plus solide et plus durable. France était bonne et pieuse. Elevée seule, sans frère ni sœur, sans amies, vivant auprès de son père, lui-même fervent chrétien, elle ne connaissait d'autre plaisir que celui de faire le bien.

Il ne faut pas conclure de là, que Michel Gondart privait sa fille de toute distraction et l'élevait en recluse. France sortait beaucoup, au contraire. Elle aimait à passion l'équitation et s'y livrait avec délice. On la voyait souvent à cheval, accompagnée de son père ou suivie de son fidèle mentor le vieux Corentin Lamorne.

Le matin, après avoir entendu la messe, elle montait son cher *Vaillant*, superbe cheval à la robe noire et brillante, et durant de longues heures, elle parcourait la splendide campagne qui forme la presqu'île de la nouvelle Ecosse. La chasse avait aussi pour elle un grand attrait, et la navigation sur le fleuve ou sur la magnifique baie des Français, aujourd'hui de Fundy, ne l'effrayait pas. Ces divers exercices contribuaient sans doute à fortifier et à embellir cette gracieuse jeune fille, tout en augmentant encore sa généreuse et ardente nature, au point de la rendre même un peu virile, ce qui, soit dit en passant, ne déplaisait pas à son père. Un saint prêtre, ami de la maison, en avait fait plus d'une fois l'observation, mais Michel Gondart répondait invariablement :

— C'est ainsi que je veux voir ma chère France. Nous ne savons pas ce qui peut arriver. Si de nouvelles épreuves nous étaient réservées, eh bien ! elle saurait les soutenir comme doit le faire une Gondart. Puis, il ajoutait :

Pour que l'étamine et les fleurs de lis d'or de notre royal drapeau se déploient triomphantes, il faut que la hampe qui les porte soit ferme et résistante. Telle est ma fille. Son corps est la hampe ; son âme, les lis et la blanche étamine.

Comme nous l'avons dit, en quittant le Grand-Trappeur, Corentin Lamorne avait regagné l'hôtel Gondart.

Toute la nuit, le fidèle intendant ne put fermer l'œil. La révélation du jeune officier le tourmentait affreusement. Il voyait déjà sa jeune maîtresse, celle qu'il entourait de soins vigilants et d'un respectueux attachement, la femme d'un traître et d'un assassin. Il formait des plans, pour entraver cette malheureuse union, et cherchait le moyen de convaincre son cher maître.

Chose peu facile, il faut croire, à en juger par les craintes et les appréhensions du fidèle serviteur.

Dès que les clartés de l'aube naissante eurent annoncé le jour, Corentin Lamorne se leva, bien décidé à prévenir sa jeune maîtresse, aussitôt que celle-ci l'appellerait pour la conduire à l'église. Comme par un fait exprès, ce matin-là, France Gondart gardait la chambre plus longtemps que de coutume. L'heure s'avançait et le négociant allait sans doute rentrer. N'avait-il pas dit, la veille, qu'il serait de retour à l'ouverture des bureaux ?

Le brave Corentin arpentait rapidement l'antichambre. Enervé et contrarié par la nuit agitée qu'il venait de passer, il commençait à s'impatienter lorsqu'enfin mademoiselle France entr'ouvrit sa porte ; mais au même moment, monsieur Gondart apparaissait sur le seuil du vestibule.

— Quel malheur ! fit le vieillard à voix basse. Déjà de retour ! Je n'oserai jamais révéler toute cette affaire devant mon maître.

— Que dis-tu, mon brave ? reprit le négociant en avançant au-devant de sa fille qui se jeta dans ses bras.

— Je disais que... vous étiez rentré de bonne heure, monsieur, et que je n'avais pas eu le temps de faire votre bureau ce matin.

— Et c'est cela qui te donne cette mine abattue, mon pauvre Corentin ? Sois sans crainte. Je ne te donnerai pas ton congé, pour un si faible motif. Tu es trop bon serviteur et tu m'es trop attaché, pour que je consente jamais à me séparer de toi.

Remets-toi donc et sers-nous à déjeuner. Je meurs de faim, après une nuit entière passée sur pieds.

Viens, France, ajouta le négociant en embrassant sa fille sur les deux joues. J'ai deux nouvelles à t'apprendre. L'une agréable, qui te regarde spécialement ; l'autre sérieuse, grave, très grave même, qui concerne la France, le Canada et toute notre colonie d'Amérique.

Par quoi dois-je commencer, mon enfant ?

— Oh ! mon père, dites-moi tout d'abord ce qui menace la terre natale.

— Voilà une réponse vraiment patriotique, chère enfant.

— Et bien naturelle, il me semble.

— Oui, venant de ton vaillant cœur. Mais combien de jeunes filles songeraient tout d'abord à leur joie, à leur bonheur ? C'est aussi de ton bonheur, France, que j'ai à t'entretenir ce matin. Mais, puisque tu le désires, je te parlerai en premier lieu des graves nouvelles apprises cette nuit. Sache donc, chère enfant qu'une guerre est imminente. Avant peu, le sang inondera le sol de la Nouvelle-France.

Non contents de s'être emparés de l'Acadie, des contours de la baie d'Hudson, les Anglais convoitent tout le Canada. Du haut des monts Alleghanys qui séparent nos frontières, les anglo-américains regardent l'Ouest, ces espaces immenses « de prai- « ries vierges couvertes de seigle sauvage, d'her- « bes bleues et de trôfle blanc ; l'Ouest avec ses « campagnes ouvertes plantées d'arbres fruitiers « et délicieusement arrosées par des cours d'eau.»

Dans cet océan sans fin de fraîcheur et de ver- dure, il y a une vallée belle entre toutes, qui tente nos voisins: C'est la vallée de *l'Ohio* ou de la *Belle- Rivière.* Ils convoitent cette grandiose voie navi- gable qui pendant trois cents lieues arrose et fer- tilise un sol encore vierge, et qui deviendrait pour eux, une admirable voie de communication entre la Louisiane, la Virginie et leurs terres du Nord. Tu n'ignores pas, mon enfant, que, depuis cinq ans, les planteurs de ces provinces ont créé une vaste association et qu'ils défrichent déjà une concession de plus de 750.000 acres sous une arbitrair) protection du gouvernement anglais. Leur insa- tiable soif de posséder les pousse aujourd'hui en avant. Où s'arrêteront-ils ? Dieu seul le sait ! Leurs envoyés ont passé les Alleghanys, ils soulèvent en ce moment les peuplades sauvages. Les Mingos, les Delawares et les Iroquois lèvent la hache de guerre et l'étendard de la révolte contre les Fran- çais. Pouvons-nous supporter un tel empiètement ? Non, n'est-ce pas ? Aussi, bientôt sonnera l'heure de la répression. A nous, vieux colons du sol américain, de nous mettre à la tête du mouvement. C'est ce que nous faisons. Cette nuit nous avons eu une réunion où assistaient presque tous les chefs du parti de défense. On a résolu de prendre les devants. Les Virginiens ont décidé d'élever un fort à l'endroit où la rivière Alleghanys et celle de Monogahila donnent naissance à l'Ohio. Eh bien ! lorsqu'ils arriveront sur le terrain, ils y trouveront déjà les pionniers français fortifiant leur territoire. Ce sera le commencement de la lutte. Fasse le Ciel que ce soit aussi celui de la victoire !

Voilà, ma fille, la grave nouvelle que j'avais à t'apprendre. Quant à l'autre, tu la devines sans doute. Il s'agit de ton prochain mariage.

Les évènements nous obligent à en avancer l'époque. Tu comprends, ma chère fille, que ton père sera un des premiers sur le champ de bataille où se jouera l'avenir de nos colonies. Tu comprends aussi, combien je serai heureux, en te laissant, de te savoir un protecteur.

La jeune fille écoutait ces derniers mots avec une visible contrariété. Elle était assise dans un vaste fauteuil recouvert d'une peau d'ours noir et ses mains délicates jouaient avec l'opulente fourrure, tandis que sa bouche effectuait une moue charmante. A la voir se pelotonner sur son siège, on eût dit une jolie chatte prête à s'élancer sur celui qui jouerait avec elle.

Son père la regardait en souriant, et voyant que France ne répondait pas, il reprit :

— Tu n'es pas très ravie de ce parti, mon enfant ? Crois ton père, tu te fais illusion. M. Beauvert est un peu froid, il est vrai, mais c'est un homme charmant, doué des meilleurs sentiments et avec cela grand patriote. Il va sans dire qu'il entre dans le mouvement. Il en est même un des plus actifs promoteurs et j'ai eu le plaisir de faire la route avec lui d'Anapolis à la *villa-Régis* où avait lieu cette nuit la réunion.

Corentin Lamorne était entré, au moment où M. Gondart prononçait le nom du fiancé de France; il pàlit tout d'abord, puis, en entendant les derniers mots, il reprit toute son assurance et dit, en regardant son maître :

— M. Beauvert était à la réunion ? Alors les Anglais sont déjà renseignés sur tout ce qui s'y est dit ou fait.

Le négociant bondit sur sa chaise.

— Que veux-tu dire ? interrogea-t-il d'un ton sec.

Le vieillard s'était trop avancé pour reculer et du reste sentant qu'il y allait du bonheur de Mlle Gondart, il répliqua avec énergie :

— Je dis qu'il y avait un traître à la villa Régis. Corentin Lamorne n'avait pas pour habitude de prendre souvent la parole devant son maître. Il

était même d'ordinaire trés réservé et il fallait
que son maître l'interrogeât pour connaître le résultat de ses tournées politiques. Le vieil intendant
appelait ainsi les courses, les visites qu'il faisait
en ville et dans les tavernes des environs, pour
apprendre, et révéler ensuite, les faits et gestes
des Anglais.

Michel Gondart savait Corentin très fin limier,
il avait en lui la plus entière confiance, et con-
naissant sa réserve ordinaire, il fut d'autant plus
surpris de l'entendre parler dans des termes aussi
offensants de M. Beauvert.

— Corentin, lui dit-il, ce que tu viens de dire
là, me surprend et m'afflige. Lorsqu'on accuse un
homme, on fournit des preuves. Que s'est-il donc
passé, en mon absence ?

Le fidèle Lamorne raconta en détail ce que le
lecteur sait déjà, son entrevue avec M. Arthur de
Boisléon et la révélation de cet officier.

France Gondart en entendant accuser son fiancé,
avait pâli d'abord, puis le rouge lui monta au visage et lorsque Corentin eut fini de parler, elle se
leva frémissante et regardant son père, elle dit :

— Mon père, faites, je vous en prie, que cet
homme ne mette plus les pieds ici.

— Ma chère enfant, j'ai bien de la peine à
croire à une telle infamie de la part de M. Beauvert, qui a tous les dehors d'un honnête homme.

Mais dans quinze jours je verrai cet officier dont parle Lamorne et si le rapport de Corentin est exact, si les preuves sont évidentes, je serai le premier à prendre des mesures. Je vais écrire à M. Beauvert pour lui dire que des raisons imprévues nous forcent à remettre votre mariage à quinzaine. Jusque là dissimulons et attendons.

— Mais il viendra, il questionnera.

— Nous prétexterons un voyage indispensable et j'irai te conduire à Québec chez ton oncle et ta tante qui seront heureux de t'offrir l'hospitalité pendant ces quelques jours.

III

LES RÉVÉLATIONS DE JEAN GONIDEC, LE
CHERCHEUR DE PISTES

France Gondart préparait son léger bagage de voyage, tandis que son père donnait ses dernières instructions à son comptable et à son intendant, lorsqu'un homme se présenta au bureau et demanda à parler au négociant.

La mise de l'inconnu était fort extraordinaire. Elle offrait un mélange de vêtements européens et indiens tout à la fois. Il portait une sorte de pourpoint serré à la taille par une large ceinture en peau de castor, à laquelle étaient suspendus un large couteau, une hache au manche très court, au fer brillant comme de l'acier, et une corne de buffalo qui faisait l'office de poire à poudre. Ses jambes disparaissaient dans de larges culottes également en peau, qui retenaient par le bas, les lanières de ses mocassins. Une longue carabine de fort calibre complétait l'équipement de ce singulier personnage.

Michel Gondart était habitué aux visites de ces hommes du Nord ou des pampas, venant au comptoir échanger le produit de leur chasse, contre des munitions qui leur permettaient de reprendre leurs courses aventureuses. Bien souvent aussi, ces hommes étaient des couriers politiques apportant au négociant-conspirateur la nouvelle de quelque infamie commise sur le territoire par les anglo-américains. Michel Gondart ne s'étonna donc pas en voyant entrer le nouveau venu dont la physionomie inspirait du reste, une véritable confiance.

— Je désirerais parler à M. Gondart, prononça l'inconnu en très bon français.

— C'est moi-même. Que désirez-vous ?

— Veuillez prendre connaissance de cette lettre. Je parlerai ensuite.

Le négociant saisit le papier que lui tendait l'étranger, et lut ce qui suit :

« Monsieur,

» Votre intendant vous aura transmis, sans
» doute, l'importante communication que je lui ai
» faite à la taverne du *Grand-Trappeur*. Je
» comptais pouvoir vous en apprendre davantage
» dans quinze jours, et voilà que mon navire
» reçoit l'ordre de remonter le Saint-Laurent et

» d'approcher du point le plus menacé par nos
» mortels ennemis. La guerre étant imminente, je
» ne sais quand il me sera permis de retourner à
» Anapolis. Aussi je bénis la Providence qui a
» placé sur mon chemin un homme de toute con-
» fiance, qui veut bien se rendre auprès de vous,
» et compléter les tristes renseignements que j'ai
» eu l'honneur de vous faire parvenir. Veuillez
» écouter cet homme, il est à même, plus que tout
» autre, de vous donner les éclaircissements qui
» pourront vous faire éviter un irréparable
» malheur.

» Arthur DE BOISLÉON,

» *Lieutenant de la marine royale.* »

Michel Gondart plia cette lettre qu'il mit dans la
poche de son justaucorps et fit signe à son comptable de le laisser un instant.

Corentin Lamorne s'était déjà retiré. Lorsqu'il
fut seul avec l'inconnu il le pria de s'asseoir et
dit :

— Vous avez des révélations à me faire de la
part du lieutenant Arthur de Boisléon, veuillez
prendre la parole. Je vous écoute.

L'inconnu refusa le siège que lui offrait le négociant. Il s'adossa au secrétaire et les mains
appuyées sur le canon de son arme, il commença :

— C'est une longue et pénible histoire que j'ai à
vous confier et jamais je n'aurais le courage de le

faire devant un homme de cœur, si je ne considérais la chose comme un devoir et.... une expiation.

En prononçant cette première phrase l'inconnu essuya deux grosses larmes qui perlaient sur son visage, hâlé par les intempéries endurées dans son pénible métier, et, faisant un effort sur lui-même, il reprit:

— J'ai besoin, Monsieur, de toute votre indulgence et de toute votre générosité pour vous dévoiler mon crime...

— Mais je ne vous demande aucun aveu, interrompit Michel Gondart.

— Je le sais, Monsieur, mais il le faut, je dois parler. Je le ferai.

Je me nomme Jean Gonidec. Je suis né, au bourg de Sainte-Marie-en-Mer, de parents pauvres, mais honnêtes et chrétiens. Pour mon malheur, je perdis mon père lorsque j'avais à peine douze ans. La mer le ravit à mon affection, à celle de ma mère et de mes deux petites sœurs. Le produit de sa pêche était notre seul moyen de subsistance. Mon père mort : il ne nous restait rien. Il y avait plus de larmes à la chaumière que de toute autre chose. Quoique bien jeune j'avais du cœur. Je ne pouvais voir souffrir celle à qui je devais le jour. Mes sœurs avaient faim et pour leur procurer du pain, je m'engageai comme mousse sur un lougre de Saint-Malo. Ma faible paie apportait un petit soulagement à notre grande misère. Je passai cinq ans à bord du *Saint-Pierre*. J'étais devenu grand et fort et avec l'âge venait malheureusement l'ambition.

Notre modeste village dépendait du domaine de Boisléon. Le maître de ce manoir était un brillant officier de la marine royale. Un jour, M. Richard de Boisléon me vit opérer un sauvetage dans la baie de Cherbourg. Il s'informa de mon nom, et, apprenant que j'étais de ses terres, il me fit venir et me proposa d'entrer dans la marine et, qui plus est, sous ses ordres à bord du *Vigilant*. J'acceptai. Dès ce moment ma famille était à l'abri de toute misère et vivait grâce aux largesses de Mme de Boisléon.

Je restai pendant cinq ans encore, sur le *Vigilant*, mais notre vaillant commandant étant mort, je fus nommé timonier à bord d'un brick de l'état. Là, je fis la connaissance d'un homme pervers, d'un orgueilleux qui me perdit. J'étais fier de l'amitié de ce chef car il était quartier-maître. Il faisait de moi ce qu'il lui plaisait. Un jour cet homme parvint à soulever l'équipage contre le brave capitaine. Un meurtre horrible s'en suivit. La mer ensevelit le cadavre mutilé de notre pauvre chef. Je jure que je ne pris d'autre part à ce crime épouvantable que de rester inactif, mais dans cette cir-

constance c'était déjà un crime. Nous ne pouvions
désormais retourner en France. Georges Louisier,
le quartier-maître, nous proposa de nous livrer à
la piraterie, faisant miroiter à nos yeux une for-
tune considérable comme fruit de nos crimes. Dieu
ne permit pas que nous exercions longtemps nos
brigandages. Huit jours après l'assassinat du capitaine, nous tombions aux mains des Anglais.
C'était en vue de Terre-Neuve. Tandis que notre
chef se vendait corps et biens aux ennemis de la
France, en changeant son nom de Louisier contre
celui de Beauvert, je parvins à m'échapper du joug
de cet homme. Il y a tantôt deux ans de cela. Depuis lors, j'expie ma part du crime. Ne pouvant
revoir la patrie, je me suis fait trappeur. Fuyant
la société où je ne suis plus digne de prendre place,
je parcours le vaste territoire de la Nouvelle-France, marchant le jour, priant la nuit, espérant enfin
que, si les hommes ne me pardonnent pas mon
crime, Dieu qui voit mon repentir fera grâce à
mon âme.

Voilà ma confession pleine et entière. Il me
reste maintenant à vous dire comment il se fait
que je sois aujourd'hui, auprès de vous, l'envoyé
du fils de mon ancien commandant.

Lorsque je quittai le *Vigilant*, à la mort du
capitaine, son fils, Arthur de Boisléon, était enseigne de ce vaisseau. Je le connaissais donc et je

puis dire que ce jeune homme m'entourait même d'une véritable amitié.

M. Arthur avait toutes les qualités d'un marin, et il y joignait toutes celles d'un vaillant cœur. Il aimait passionnément son pays et il suffisait que je fusse de Sainte-Marie-en-Mer pour qu'il me regardât comme son ami. Je n'avais plus entendu parler de lui, ni de sa famille, ni de la mienne depuis le jour malheureux où je cachais ma honte dans les plaines de l'Amérique. Hier, étant venu acheter de la poudre au port Saint-Jacques, je voulus revoir cette mer où sur l'autre rive vivent et pleurent tous ceux que j'aime et que je ne puis revoir !

Je me promenais donc, convaincu que mon costume et le chagrin m'avaient assez changé, pour n'être reconnu de personne, lorsque tout à coup je m'entends appeler. Je me retourne, et reconnais alors M. Arthur de Boisléon, devenu lieutenant de vaisseau.

Le rouge de la honte me vint au front, j'allais fuir, mais déjà le lieutenant m'avait saisi le bras.

— Jean Gonidec, pourquoi n'oses-tu me regarder en face ?

Je balbutiai une seconde, et répondis enfin :

— Parce que je n'en suis plus digne.

— Ah ! c'est vrai, reprit-il, tu étais à bord de ce pauvre capitaine Cartenier !

—Oui, j'y étais, dis-je en palissant et en tremblant de tous les membres. J'y étais, et je n'ai rien
fait, rien, pour le secourir ! Je me mis à pleurer.

— Pauvre Jean ! Tu étais bon. Tu es resté bon,
malgré la faute que tu expies durement. Crois-
moi, aie confiance. Dieu te pardonnera la faiblesse que tu aggraves à tes yeux plus que de raison.

— Dieu ! je l'espère ! repris je, mais les hommes ! les hommes !

— Eux aussi oublieront ta lâcheté d'un instant. Car tu n'as été que lâche, et non meurtrier,
en ne défendant pas ton capitaine.

— C'est vrai, lieutenant, ce que vous dites-là !

— Oui, mon ami, et une lâcheté peut se faire
oublier par un acte de courage.

— Du courage ! Oh ! ce n'est pas cela qui me
manque, mais le moyen de le montrer.

— Veux-tu que je te le procure ?

— Oui, certes !

— Eh bien ! écoute-moi. Nous allons avoir la
guerre avec les Anglais. Veux-tu entrer à mon
service pour le compte de la patrie ?

— Je ne demande pas mieux.

— C'est entendu, tu seras mon aide-de-camp.
Mais avant d'entrer en campagne, rends-moi
un immense service qui te coûtera beaucoup et
que tu feras en expiation de ta faute. Tu vas

aller tout de suite à Anapolis. Tu demanderas
M. Gondart, et tu lui raconteras ton crime.

Comme je me récriais, le lieutenant ajouta :

Il le faut, mon ami, pour sauver un père et sa
malheureuse fille. Ecoute ce que je te dis, et
vois combien j'ai déjà confiance en toi. M. Gondart est un des hommes les plus dévoués à la
cause française. M. Gondart a une fille, belle
comme le ciel ; bonne, comme les anges qui y
habitent, et dans quelques jours, cet homme,
indignement trompé donnera son enfant au plus
vil de tous les traîtres : à un assassin. En un
mot, à celui qui t'a perdu. Je te nomme Georges
Louisier, ou Georges Beauvert, comme tu vou-
dras.

A ce nom maudit, je tressaillis.

Comment, l'infâme bandit qui m'a enlevé l'honneur, tout ce que j'ai de plus cher, est là, à
quelques lieues de moi, prêt à entraîner une
honorable famille dans sa honte, et je resterais
insensible ? Non ! Non !

— J'irai trouver la personne que vous m'indi-
quez, dis-je aussitôt à M. de Boisléon. Pour lui
faire bien connaître celui qui veut la tromper, je
m'humilierai, je confesserai ma part de crime, et
si M. Gondart ne me croyait pas, je lui dirais :
Mettez-moi en présence de Georges Beauvert que
je lui crache au visage le nom d'assassin !

— Va, m'a dit le lieutenant. L'aveu de ta faute, fait pour sauver une famille, sera le commencement de ton relèvement moral. J'ajoutai :

— Et de ma vengeance.

— Non, mon ami, reprit le lieutenant, ce serait un second crime. Mais, si tu veux faire ce que je te demande ; si tu viens ensuite rejoindre ceux qui vont lutter et mourir peut-être, pour défendre la noble indépendance Canadienne, tu auras le plaisir de combattre alors loyalement Beauvert, l'assassin. Car apprends-le, ce traître à son pays est à la tête des envahisseurs.

Nous ne le rencontrerons pas les armes à la main. Oh! non! il est trop lâche! Mais nous aurons contre nous un terrible espion.

— Mon lieutenant, dis-je aussitôt, celui que les Indiens ont nommé, dans leur langage imagé, le *Chercheur-de-pistes*, mettra toute son énergie, toute sa connaissance du pays, au service de la France d'abord : au vôtre ensuite.

— Je compte sur toi, mon bon ami ; mais en attendant, va et sauve M. et Mlle Gondart.

Eh bien! Monsieur, me voici. Croyez-vous maintenant M. Arthur de Boisléon, me croyez-vous moi-même ? Voulez-vous me confronter avec celui qui veut vous tromper ? Je suis à votre entière disposition.

Michel Gondart, visiblement ému pendant tout

le récit qu'il venait d'entendre, se leva aussitôt, et dit en prenant la main de Jean Gonidec :

— Mon brave ! cette démarche est inutile. Je vous crois sur parole, et vous suis profondément reconnaissant de ce que vous faites pour moi. Vous, par vos révélations, et celui qui vous envoie, vous me sauvez tous deux plus que la vie : l'honneur et le bonheur de mon unique enfant.

J'ignore ce qui m'a valu la bienveillante protection de M. le lieutenant de Boisléon. Dites-lui, quand vous le reverrez, que j'attends vivement le moment de lui témoigner toute ma gratitude, et que j'espère avoir l'honneur de faire sous peu sa connaissance. Quant à vous, mon brave, je ne sais comment vous remercier et vous dédommager de la peine que vous avez prise...

— Oh ! Monsieur, interrompit le *Chercheur-de-pistes*, je n'ai souffert qu'une peine morale en vous avouant ce qui me fait fuir les hommes, depuis tantôt deux ans : et je ne regrette pas cet aveu, puisqu'il peut vous rendre service.

— Service que je n'acquitterai jamais à sa juste valeur, Jean Gonidec !

— Je ne vous demande qu'une chose, Monsieur : gardez le secret de ma faute, et rappelez-vous que je n'ai qu'un nom : Le *chercheur-de-pistes*. Adieu, Monsieur ; j'ai juré au lieutenant de veiller sur

vous. Vous me reverrez, chaque fois qu'un danger vous menacera.

Sans en dire davantage, Jean Gonidec, prit son
arme, serra une dernière fois la main que lui tendait le négociant, et gagna tranquillement la rue.

IV

CHEZ LORD HOLDMAN

A peine le chercheur de pistes avait-il quitté le comptoir Gondart, qu'un homme de haute taille à la mise correcte et élégante, faisait résonner le lourd marteau de la porte particulière du négociant.

— Ton maître est-il là ? demanda le visiteur au vieux Corentin Lamorne.

— Monsieur est sorti.

— C'est contrariant. Mademoiselle est visible au moins ?

— Je regrette, monsieur Beauvert, mais vous n'êtes pas heureux aujourd'hui. Mademoiselle France accompagne son père.

— Enfin, puisqu'il en est ainsi, il faut bien attendre. Dis toujours à tes maîtres, lorqu'ils rentreront, que je reviendrai ce soir.

— Ou que tu ne reviendras plus, grand tartuffe, maugréa le vieux serviteur en renfermant la porte.

— Voilà qui est surprenant, se disait Beauvert en regagnant la petite maison qu'il habitait à l'autre extrémité de la ville. Il y a quelque anguille sous roche.

Les renseignements de Betty-Cornebill doivent être exacts. Je suis donc certain que ni M. Gondart, ni Mlle France ne sont sortis ce matin. Pourquoi cet imbécile de Corentin Lamorne me ferme-t-il la porte au nez ?

Que signifie, en outre, le rendez-vous au Grand-Trappeur de ce vieil idiot d'intendant avec un officier de la marine française. ?

Qu'ont-ils bien pu se dire durant les deux grandes heures de nuit qu'ils y ont passées ensemble.

Et ces mots prononcés par l'officier, en se séparant de son compagnon : « Si votre maître ne cro-« yait pas les révélations que je viens de vous « faire, dites-lui que, dans quinze jours, celui qui « veut le bonheur de son enfant sera de retour et « prêt à lui fournir des preuves. »

Mon horizon matrimonial se charge de nuages, et je ferais bien, ce me semble, de ne pas attendre le retour de monsieur l'officier, pour conduire Mlle Gondart à l'autel et... empocher sa dot. Advienne ensuite que pourra !

Tout en pensant ainsi, Georges Beauvert était

arrivé chez lui. Il traversa son modeste vestibule et pénétra dans un petit bureau où un domestique époussetait consciencieusement de ci de là.

— Il n'est venu personne pendant mon absence, Harry ?

— Non, Monsieur.

— Pas même lord Holdman, ni la vieille Betty Cornebill ?

— Ni l'un, ni l'autre, monsieur. Ah ! c'est-à-dire... on a apporté une lettre. J'oubliais de vous la remettre.

— Donne donc, imbécile !

Georges Beauvert prit la lettre que lui tendait le domestique, en fit sauter les cachets et lut :

« Georges Louisier, dit Beauvert, est prié de
« vouloir bien cesser toute relation avec M. Gon-
« dart, mis heureusement, quoiqu'un peu tard, au
« courant des affaires de l'ancien quartier-maître
« du capitaine Cartenier.

« Michel GONDART. »

— Malédiction ! rugit Louisier en déchirant la lettre. C'est cet officier de marine entrevu au Grand-Trappeur, qui m'a dénoncé. Nous nous reverrons, messire, et plus tôt que vous ne le voudriez. Car, sachez-le bien, on ne m'attaque pas impunément. Quant à vous, monsieur Gondart. vous me refusez votre fille et vous m'interdisez même l'en-

trée de votre maison ; eh bien, craignez mon im-
placable vengeance !

Avant peu, mademoiselle France, vos biens et
votre personne même seront en mon pouvoir.

Messieurs les Anglais ne me payeront pas trop
cher à ce prix, les services que je leur rends.

En prononçant ces terribles menaces, Georges
Beauvert, que nous appellerons désormais de son
vrai nom de Louisier, faisait réellement peur à voir.
Tout son corps était agité d'un tremblement nerveux. Son visage, pâle d'ordinaire, ressemblait en
ce moment à celui d'un apoplectique. Ses yeux
petits, d'un vert flamboyant, lançaient des éclairs,
ses lèvres minces avaient un rictus effrayant et
son bras menaçant s'agitait violemment dans la
direction de l'hôtel Gondart, tandis que l'autre main
serrait convulsivement la garde de sa rapière.

Cet état de surexcitation ne dura qu'un instant.

L'astucieux criminel reprit bientôt tout son calme, et s'adressant au domestique resté cloué sur
place, à la vue de son maître, il lui dit :

— Harry, pas un mot de ce que tu viens d'entendre et voir. Si l'on me demande, dis que je
serai de retour avant le soir, mais s'il s'agissait de
nos affaires... tu me comprends... Je serai chez
lord Holdman.

Et prenant son chapeau orné d'une plume blanche, il sortit.

Inutile de feindre plus longtemps, prononça-t-il en descendant la rue qui conduisait au port. Je puis gagner l'hôtel de la Maréchaussée sans prendre de chemins détournés et sans attendre la nuit. Louisier arriva bientôt. Il présenta une carte aux hommes de garde qui lui firent signe de passer. Après avoir traversé une vaste cour et un corps de garde où il était facile de voir, aux saluts qu'il recevait, que le visiteur était bien connu, il arriva aux appartements du chef de la police.

— Lord Holdman est-il visible ? demanda-t-il à l'huissier de service.

— Toujours pour vous, Master Beauvert.

— Très aimable, mon ami. Veuillez donc m'annoncer.

— Oh ! c'est vous ! *my Dear*, prononça le policeman, en faisant signe à son visiteur de s'asseoir. Venez-vous m'inviter à votre mariage ?

— De cela, il n'est plus question, lord.

— Comment ! y a-t-il du nouveau ?

— Michel Gondart connaît les antécédents de votre serviteur, et un congé en règle m'a été signifié.

— Je le comprends aisément. Mais pourquoi vouloir aussi épouser la fille d'un tel homme ?

— Affaire particulière, Sir.

Avez-vous vu la vieille Betty Cornebill ?

— Elle sort d'ici à l'instant.

— Ah ! et vous a-t-elle dit que nos affaires vont mal, très mal ?

— Elle m'a appris ce que je savais déjà.

Que les Français restés sur le territoire de la Nouvelle-Ecosse, et les habitants toujours fidèles à la vieille Acadie, veulent essayer un soulèvement.

— Cela est très vrai, Sir. Si vrai, qu'en ma qualité de futur beau-fils de M. Gondart, l'un des chefs du mouvement, et comme fervent partisan de leur cause... Vous me comprenez ! !... J'ai eu l'honneur d'assister à une de leurs réunions...

— A la villa-Régis ?

— Justement.

— Eh bien ! qu'ont-ils dit ou fait ?

— Dans huit jours, si le gouvernement de notre Royale Majesté Britannique n'y met bon ordre, la domination anglaise sera menacée dans ses possessions du nord de l'Amérique.

— Vous le croyez ?

— J'en suis certain.

— Eh bien ! my Dear, soyez sans crainte. Nous allons frapper un grand coup, qui nous mettra à l'abri de tout danger à l'avenir. Avant deux jours, les Acadiens suspects seront enlevés de leur sol natal et dispersés sur toute la côte du continent américain. Que pensez-vous de cette mesure ?

— C'est parfait, lord, si toutes vos dispositions sont bien prises, comme je n'en doute pas.

— Tout est prêt. Les troupes de chaque district ont leurs instructions. Elles agiront toutes, en même temps, et conduiront leurs prisonniers sur divers points de la côte, où la flotte attend déjà sa cargaison humaine.

— Je reconnais, à ce plan bien conçu, votre admirable tactique, lord Holdman.

— Oh ! je suis secondé par des hommes dévoués, parmi lesquels, j'ai l'honneur de vous compter en première ligne, Master Beauvert. L'Angleterre ne pourra jamais assez récompenser de tels dévouements.

— J'oserai pourtant implorer une grâce, un service qui me dédommagera de toutes mes peines.

— Parlez, sir, et si je puis vous être de quelque utilité, je vous promets de faire tout ce qu'il sera possible pour vous être agréable.

— Les Gondart sont-ils sur la liste des *dangereux* à exporter ?

— Ah ! Ah ! Master Beauvert, je comprends votre désir. Une petite vengeance, n'est-ce pas ? Tout un délicieux roman. Vous demandez à faire parti de l'expédition. Vous vous trouvez par hasard — je souligne ce mot — sur le navire emportant cette honorable famille. Le père est déposé le premier sur un point du territoire, et vous vous faites, sans rancune, le protecteur de la belle France Gondart. Ai-je deviné, my Dear ?

— Oui, sir. La chose est-elle faisable ?

— Mais, certainement ! Nous comptons même sur vous pour le départ de l'expédition. Maintenant, en route vous arrangerez vos petites affaires comme vous l'entendrez.

— Merci, lord Holdman. Grâce à vous, je pourrai tirer une terrible vengeance de l'affront qui vient de m'être fait.

— Surtout, sir, pas de sang répandu, au moins tant que vous serez sous les ordres de notre roi George. Si vous débarquez ensuite sur une terre ennemie ou neutre, ma foi, cela vous regardera ors.

— Soyez sans crainte, lord. Je ne veux pas de ces moyens extrêmes. La vengeance serait trop courte. M. Gondart m'a refusé sa fille, eh bien ! je la prendrai ! Avez-vous des instructions à me donner ?

— Pas en ce moment. Mais Betty vous portera ce soir nos derniers ordres. Surtout, pas d'indiscrétion.

— C'est bien, lord. Comptez sur moi. J'attendrai votre envoyée. Au revoir, sir.

— Au revoir, my Dear. Et si vous revenez à Anapolis, n'oubliez pas de venir me présenter Mme Beauvert-Gondart.

Les deux hommes se quittèrent en riant de bon l.1 . . . . . . is anterie, Georges vengeance.

V

UN CRIME NATIONAL.

Il y a dans l'histoire de l'Angleterre, une page
que cette vaillante et noble nation voudrait en vain
voir effacer de ses annales. Mais, tant que l'hu-
manité aura au cœur un reste de conscience et de
civilisation, cet acte de brutalité inouïe : le rapt
d'un peuple resté fidèle à la patrie vaincue, s'ap-
pellera toujours : un crime national.

Nous ne faisons ici que rappeler l'histoire.

L'Acadie, la plus ancienne de nos colonies françaises en Amérique, était tombée au pouvoir de
l'Angleterre, à la suite de la succession d'Espagne.
Son peuple patriarcal, aux mœurs simples et pures, subissait depuis cinquante ans, le joug pesant
des nouveaux maîtres. Déjà, de son glorieux passé, il ne restait que le souvenir.

Mais, tout en obéissant, il conservait au cœur
l'amour violent de la patrie.

Pauvre Acadie ! coupable de no pas haïr la France, l'Angleterre a juré de te britanniser ou de t'anéantir. Après un demi-siècle, ta noble devise: *Dieu et France!* résonne encore à son oreille jalouse. Et pour enlever de ta mémoire jusqu'au souvenir, elle ne reculera pas devant un crime odieux, dont on ne flétrira jamais assez les auteurs, et qu'il est bon de rappeler encore.

Les Acadiens étaient depuis cinquante ans, sous la domination anglaise. N'espérant plus en voir lever le joug, ils le subissaient patiemment, en cultivant, comme autrefois, leur fertile territoire. Quelques zélés patriotes, descendant pour la plupart des premiers colons français, et parmi eux, Michel Gondart, espéraient toujours ; lorsqu'en 1755, les troubles qui fermentaient chez leurs frères voisins du Canada, les encouragèrent à soutenir vivement leur ligue jusque là pacifique. Ceux qui s'enrôlaient sous la bannière de ces nobles Acadiens, s'engageaient à garder pieusement la religion catholique, les coutumes et les mœurs françaises.

Les Anglais avaient beau élever partout des temples protestants, leurs édifices restaient abandonnés, tandis que les églises catholiques étaient trop petites, pour contenir les foules qui s'y pressaient aux saints offices.

Ils appelaient en vain l'Acadie, Nouvelle–Ecosse ; Port-Royal : Anapolis, en souvenir de leur reine Anne; changer le nom des villes: Yarmouth, Liverpool, Windsor et New-Glascow, portaient toujours leur glorieux nom de Saint-Jean, Saint-André, le Hàvre,etc...Il en était de même des cours d'eaux, des lacs et montagnes.

Partout, le nom français régnait glorieusement sur cette terre anglaise. Aussi, ce peuple indomptable, resté fidèle à la terre des aïeux, était suspect au maître étranger qui résolut de le disperser.

Un jour de l'année 1755, vit s'accomplir le rapt inavouable (1). Tous les acadiens furent convoqués sur la place de leurs villes ou de leurs villages. Ils ne se doutaient guère, ces bons et naïfs pasteurs, lu sort qui les attendait. A peine assemblés, ils se virent entourés par les troupes anglaises. Beaucoup parvinrent à s'échapper de ce cercle de fer et s'enfuirent, sans armes, sans argent, sans aucun secours, en se cachant dans les bois. Un grand nombre parvinrent à gagner le Canada, où ils s'établirent, en général, sur les bords du Saint-Laurent, donnant ainsi naissance aux nombreux villages baignés par les eaux du grand fleuve. Ce furent les plus heureux!

Les autres au nombre de 12,000, et parmi eux les plus faibles, hommes, femmes et enfants, sont conduits comme de vils troupeaux aux navires

(1) Historique.

qui devaient non seulement les exporter, mais les
disperser !

En effet, et c'est là le plus grand crime qui souille
l'histoire d'une nation civilisée, ces malheureux
sont jetés le long de la côte américaine : Le père
ici, la mère là. De faibles enfants, de pures jeunes
filles, sont abandonnés seuls sur une côte inhos-
pitalière.

Oh ! que de drames horribles et poignants il y
aurait à raconter sur cette dispersion en masse,
si l'on prenait les faits séparément ! Mais, jamais
on ne connaîtra en détail l'horreur de cette action,
ni les angoisses de tous ces pères, de ces mères,
les larmes des enfants, ni les supplices de toute
sorte endurés par tant de malheureux abandonnés
au tourment de la faim, aux dents des fauves ou
aux fureurs de peuplades ennemies.

Voilà, dans toute son effrayante réalité, le moy-
en employé par l'Angleterre en plein dix-huitième
siècle, pour coloniser un pays ! Moyen aussi révoltant qu'inefficace, dont le seul résultat fut
d'augmenter la haine des vaincus contre des maîtres aussi inhumains. Et que l'Angleterre sache
bien que, malgré tout et à l'heure actuelle, il y a
encore, de l'autre côté de l'Atlantique, plus d'un
million de SES SUJETS, dont les cœurs battent toujours pour la France.

L'enlèvement des Acadiens offrait de grandes

difficultés, principalement dans les villes, et les Anglais durent prendre mille précautions ; s'entourer de toute une plèbe d'espions et de gens sans foi ni loi pour s'emparer des suspects, et les conduire aux navires. Georges Louisier devait livrer la famille Gondart, et il prit, cela va sans dire, toutes ses mesures pour ne pas manquer une aussi belle occasion de vengeance.

Dès la veille du jour fixé pour cette exécution, il avait eu une longue conférence avec Betty Cornebill où, il fut décidé que lui, Louisier, aidé de plusieurs hommes d'armes, envahirait le comptoir Gondart et se rendrait facilement maître du personnel, entourant la jeune fille, pendant que le négociant serait appelé par lord Holdman au palais du gouvernement.

Toutes précautions prises et bien arrêtées, il n'y avait plus qu'à agir.

Il pouvait être cinq heures du soir, lorsqu'un officier de la maréchaussée, tout flambant neuf, sous son habit rouge à revers bleu céleste, les jambes enfouies dans de larges bottes molles et le grand chapeau à trois cornes posé crânement sur la tête, se présentait au comptoir Gondart. Il était accompagné d'un commis-civil portant la courte épée, et de quelques hommes d'armes.

L'officier, ou plutôt Georges Louisier, que l'on t difficilement reconnu sous son brillant unifor-

me, avait frappé tout d'abord à la porte de l'habitation particulière du négociant, mais, ne recevant
pas de réponse, il laissa deux de ses hommes à cette
porte et se rendit au comptoir qu'il trouva également fermé.

— Peste, dit-il, on fait bonne garde, ce me semble. Le fin matois aurait-il eu vent de quelque chose ? Et Betty qui n'est pas de service, comme elle
me l'avait promis... Que signifie tout cela ? Enfin,
morbleu ! je ne vais pas faire le guet pendant une
heure devant cette maison. J'agis, ce jour, sous
les ordres de lord Holdmann. Allons-y donc franchement.

Faites sauter cette porte, vous autres, comman-
da-t-il à ses hommes.

Quoique l'habitation de Michel Gondart fût en
bois, commé toutes celles d'Anapolis, elle était solidement construite, et les hommes d'armes ne parvinrent pas à briser la porte massive toute bar-
dée de fer.

Au bruit des haches et des leviers, une femme
sortit d'une maison voisine et s'avança au devant
de l'officier en disant en très bon anglais :

— Vous frappez inutilement, Master, la maison
du français est inhabitée.

— Que voulez-vous dire ? interrogea Louisier.

— M. Gondart, sa fille et leurs domestiques sont
partis hier matin.

— Est-ce vrai ? rugit l'officier, en lançant un regard de fauve sur son interlocutrice.

— Quel intérêt aurais-je à vous tromper, Master Je vous dis simplement ce que j'ai vu. Hier matin, au moment où j'enlevais les volets de ma boutique, M. Gondart et sa jolie fille, montaient à cheval et précédaient une voiture chargée de bagages sur laquelle prirent place, l'intendant Lamorne, et la fille de service de Mlle Gondart.

— Vous ignorez le but de ce voyage ?

— J'aurais bien voulu faire causer leur intendant ou la petite Louise, mais ces gens haïssent les Anglais, et n'ont jamais daigné mettre les pieds dans ma boutique, depuis que je l'ai reprise à un de leurs compatriotes.

Vous comprenez, Master, on a son honneur et sa fierté, et c'eût été m'abaisser que de faire les avances. Malgré tout mon désir, je n'ai pu connaître le motif de ce voyage.

— Il n'est venu personne au comptoir, depuis le départ des propriétaires ?

— Pardon, sir. Les deux commis ont ouvert les bureaux comme de coutume, mais ils sont partis depuis une heure pour se rendre à une convocation du gouverneur.

— Morbleu ! en voilà toujours deux de pincés. Mais que m'importent ceux-là, si je manque...

Georges Louisier n'acheva pas sa phrase, au

grand chagrin de la bienveillante commère qui l'avait mis au courant du départ des Gondart, dans le seul but de connaître la raison de ce voyage précipité, suivi d'une descente de la police. Mais elle en fut pour ses frais. L'officier ne daigna même pas la remercier. Il lui tourna le dos, en proférant un horrible juron et en ordonnant à ses hommes d'enfoncer vivement la porte qui tenait toujours.

Au même instant, le son d'un *bag-pipe* (1) se fit entendre au coin de la rue, et Louisier vit s'avancer Betty Cornebill soufflant dans son instrument et s'arrêtant de temps à autre pour demander la charité. C'était une horrible petite vieille, que Betty Cornebill. Elle avait à peine soixante ans, mais son visage osseux et ridé, au nez de corbin, au menton pointu et relevé, semblable à un bec d'oiseau de proie, lui donnait dix ans de plus que son âge. Ses rares cheveux gris-jaunâtre s'échappaient d'un foulard crasseux et tombaient en désordre sur son cou parcheminé. Une robe en lambeaux, composée de pièces de toutes couleurs, la couvrait à peine et laissait voir ses jambes grêles et nues se perdant dans deux vieux brodequins éculés. Elle portait toujours, outre son bag-pipe et un long bâton noueux, un énorme hâvresac, renfermant pêle-mêle, de vieilles chaussures, du pain, de la viande plus ou moins fraîche, et des

(1) Sorte de cornemuse.

débris sans nom, produit de sa récolte par les rues de la ville. Telle était l'espionne dont ne rougissait pas de se servir Lord Holdman, grand capitaine de la maréchaussée.

En apercevant les gens d'armes devant le comptoir Gondart, Betty Cornebill abandonna sa démarche chancelante et s'avança assez allégrement au-devant de l'officier.

— One penny, my gracious gentleman, dit-elle en tendant la main.

— Va-t-en au diable, vautour de malheur ! s'écria Louisier. Tu as abandonné ton poste et laissé envoler nos oiseaux, sans m'avertir.

— Tout doux ! votre seigneurie. Pourquoi m'avez-vous envoyée ici huit heures après le départ du conspirateur ? J'ai suivi à la lettre toutes vos instructions.

En vous laissant, hier soir, chez Lord Holdman, je suis venue passer la nuit devant cette maison, et je n'ai quitté mon poste que cet après-midi, lorsque j'ai connu l'absence des Gondart. Je me suis rendue aussitôt chez vous ; puis chez le maître, dans le but de vous apprendre ce que je savais, et ne vous ayant pas rencontré, j'ai repris le chemin de cette maison, dans l'espoir de vous y trouver.

Pendant que Betty causait, les hommes de Louisier étaient enfin parvenus à enfoncer la porte.

— Entrons, fit le chef, nous pourrons causer plus tranquillement que sous les regards des passants. Louisier ayant défendu à ses hommes de quitter le vestibule, pénétra avec Betty Cornebill dans la vaste salle où le recevaient ordinairement M. Gondart et Mlle France.

Rien n'avait été changé ni déplacé ; seule, l'argenterie qui garnissait les buffets avait disparu.

— Allons, Betty, parle et dépêche-toi. Qu'as-tu appris sur la disparition de mon ennemi, interrogea Louisier, en s'asseyant sur un large fauteuil en bois sculpté et garni de cuir ?

— Que votre vengeance arrive deux jours trop tard, Master.

— Mille millions de sabords ! Je le vois aussi bien que toi, imbécile ! Si tu n'as que cela à me dire, je te fais grâce du reste.

— Vous ne me donnez pas le temps de m'expliquer et vous m'interrompez, dès les premiers mots, par des apostrophes peu galantes.

— Va donc. N'entends-tu pas le bruit qui se fait en ville? Tous ces stupides Acadiens ont donné dans le panneau ; et la rumeur qui monte jusqu'à ce quartier désert, nous apprend que le *tour* de Lord Holdman est joué. Moi seul peut-être, ai manqué mon coup.

Il faut prendre de suite un parti.

Le Glascow qui devait m'emporter avec mes

prisonniers, reçoit déjà sa cargaison humaine. Dépêche-toi donc, et apprends-moi ce que tu sais.

— Vous pouvez renoncer à votre voyage de noce,
Master. Michel Gondart, sa fille, Corentin Lamorne et la femme de chambre de Mlle France, sont
actuellement à bord d'un navire français et remon-
tent paisiblement le Saint-Laurent, se rendant à
Québec.

—. Ils ont donc eu connaissance du projet de
Lord Holdman ?

— Non. Ils doivent leur salut au hasard. Mlle
France, voulant éviter votre rencontre après ce
qui s'était passé, a demandé à faire un voyage. Et
M. Gondart qui ne sait rien refuser à sa fille, s'est
mis aussitôt en route.

— Qui t'a appris cela ?

— Le voiturier qui a conduit leurs bagages au
port Saint-Jean.

— Tu n'as pas d'autres renseignements à me
donner ?

— Ce même homme m'a dit encore qu'en route, Corentin Lamorne avait annoncé à sa à-a la
jeune servante. qu'ils se rendaient aux terres ache-
tées dernièrement par leur maître.

— Ils ont dit cela, prononça Louisier dont le
visage abattu se rasséréna subitement.

— Oui, Master.

— Alors je les retrouverai; et avec eux, le moyen de me venger !

Betty, je n'ai plus un instant à perdre. Le Glascow me laissera sur la côte de la Virginie. Je gagnerai, par ce pays, les monts Alleghanys et bientôt la concession de Michel Gondart.

Ah ! papa beau-père ! ajouta Louisier en riant et en se frottant les mains. Voilà ce que c'est que d'avoir trop de confiance ! Il est bon d'être parfois plus réservé, même en présence d'un futur beau-fils. Si vous ne m'aviez pas mis si bien au courant de vos petites affaires, je ne serais pas aujourd'hui sur vos traces.

Ce disant, Louisier ne prit même pas la peine de visiter le comptoir Gondart. Il appela ses hommes et, adressant un dernier signe à la vieille Betty, toute surprise d'un tel changement à vue, il s'écria : En avant ! vers le port.

VI

LE DÉPART.

Lorsque le *Chercheur-de-pistes* eut quitté Michel Gondart, après lui avoir fait des révélations si écrasantes pour Georges Beauvert, le négociant écrivit aussitôt à ce dernier le billet que le lecteur connaît déjà, puis il se rendit auprès de sa fille.

France Gondart avait terminé ses préparatifs de voyage et donnait un dernier coup d'œil à sa toilette, quand son père entra, le visage encore tout bouleversé, et en lui disant :

— Notre absence devient inutile, ma chère enfant. Tu n'as plus à craindre la visite de M. Beauvert. Les renseignements de ce bon Corentin n'étaient que trop exacts, et je viens d'évincer à tout jamais, l'imposteur qui a tenté de me tromper.

La jeune fille écouta avec calme le récit que lui fit son père de l'entretien qu'il venait d'avoir avec l'envoyé du lieutenant de Boisléon.

Son visage même ne trahissait pas la moindre émotion, et M. Gondart ne put s'empêcher d'en faire la remarque.

— Tu apprends le danger que tu as couru avec un calme étonnant, mon enfant. Moi, ton père, je frémis d'horreur, à la pensée du malheur où mon imprévoyance a failli te précipiter.

— Dieu veillait sur moi, cher père, et sans doute ma bonne mère qui doit être auprès de Lui. Je n'aimais pas cet homme, vous le savez, et je ne subissais sa présence que par respect pour vous, et aussi par obéissance. Mais, je ne sais pourquoi, je ne croyais pas à mon prochain mariage. Mes prévisions ne m'ont pas trompée, et en apprenant tout ce que vous me révélez aujourd'hui, je n'ai en moi d'autre sentiment qu'une profonde reconnaissance envers Dieu qui me protège visiblement.

— J'admire ta sérénité et ta piété, chère enfant. Comme toi, je vois dans celui que nous ne connaissons pas, et qui se dit ton sauveur, un instrument de la bonté divine. Mais je t'avoue, en toute sincérité, que mon émotion est violente. J'oublierai difficilement l'infâme qui voulait te ravir à mon affection, pour te plonger dans le malheur.

— Oh ! moi, je n'y pense déjà plus, fit la rieuse enfant, en enlaçant de ses bras le cou de son pè- qu 'elle embrassait avec effusion. Je suis toute heureuse, en pensant que je resterai toujours auprès de vous, pour vous dire combien je vous aime.

—Petit père, ajouta-t-elle, irons-nous quand même à Québec ?

— Ce voyage est maintenant inutile, mais si tu y tiens, je suis prêt à l'entreprendre.

— Celui-là ou un autre, peu m'importe ; mais j'ai soif de grand air et d'espace.

— Eh bien ! enfant, tu seras satisfaite. Nous partirons pour Québec, et après un court séjour chez ton oncle, si tu n'es pas fatiguée, nous irons ensemble visiter la concession que je viens de reprendre sur les bords du lac Erié. Cela te plaît-il ?

-- Oh ! certainement.

—Le voyage sera pénible, nous aurons de grandes distances à parcourir à cheval.

— Tant mieux, j'emmènerai *Vaillant*.

— Ne seras-tu pas effrayée en traversant les peuplades indiennes ?

— J'aurai ma carabine, et... je serai avec vous.

— Grande enfant !

Avant de nous mettre en route, il y a encore une chose grave à examiner. C'est que, si la guerre éclate, comme il est probable, nous marcherions au-devant de l'ennemi.

— Qu'importe, cher père. Dieu nous protégera là comme ailleurs. Croyez-vous, du reste, que, le jour où les Anglais et les colons de la Louisiane tenteront de franchir les Alleghanys, le trouble ne sera pas dans toute la colonie ?

Il y a au contraire plusieurs raisons qui nous obligent à abandonner l'Acadie en ce moment. Ici nous ne serions d'aucune utilité à la cause française. Là-bas au moins, nous pourrons prendre part à la lutte.

— Et avec des défenseurs tels que toi, le Canada sera préservé.

— Ne riez pas, monsieur mon père, dans question aussi sérieuse. Si mon corps est faible, mon âme a été rudement trempée à votre école. Pendant que vous fortifierez votre concession, et que vous lutterez contre les envahisseurs, votre fille établira une ambulance, où elle soignera les malheureux blessés; et s'il le faut, pour les défendre, elle saura aussi faire le coup de feu.

La jeune fille s'était animée en parlant. Un brillant incarnat teintait ses joues ; ses beaux yeux, ordinairement si doux, avaient un éclat inaccoutumé, tandis que sa petite main gantée montrait sa légère carabine de chasse faisant partie de son attirail de voyage.

Michel Gondart, enlevé lui-même par l'enthousiasme de sa fille, lui prit la tête entre les mains, et déposant un tendre baiser sur son front pur, il s'écria :

— Chère, chère France ! Tu es vraiment digne du nom que tu portes. Oui, tu as raison, nous irons défendre notre belle patrie, et si je tombe pour elle, ce sera dans les bras de la plus dévouée des sœurs de Charité : dans les bras de ma vaillante enfant !

Le négociant était assez riche pour abandonner son comptoir. Il chargea donc son employé de liquider ses affaires et l'engagea à venir ensuite le rejoindre dans ses terres de l'Ouest.

Dès le lendemain, il se mit en route avec sa fille et son personnel réduit à sa plus simple expression, à savoir : le vieil intendant Lamorne et sa nièce Louise, remplissant à la fois les fonctions de femme de chambre et de cuisinière.

Ce fut avec un pénible serrement de cœur que Michel Gondart quitta sa ville natale, fondée par un de ses aïeux, et où il laissait tous ses souvenirs avec les restes de sa femme bien-aimée.

Anapolis ! c'était la patrie, patrie d'autant plus chère qu'elle était malheureuse ; et en la quittant il semblait au négociant qu'il l'abandonnait à l'étranger. Aussi, les larmes couvraient son noble visage, lorsque du haut de la colline dominant Anapolis, Michel Gondart adressa un dernier adieu au berceau de notre colonie française.

Arrêtant un instant son cheval, il se découvrit,

et saluant la ville qui s'étendait à ses pieds, il
s'écria :

— Adieu, chère et belle Acadie. Je t'abandonne,
mais je ne suis pas ingrat. Je vais combattre là-
bas pour ta cause et celle de la Nouvelle-France.
Fasse Dieu que je revienne bientôt en vainqueur !
Alors, du haut de ces mêmes collines, il me sera
donné de saluer les lys de France flottant au
sommet de tes coupoles.

Soit que cette espérance de victoire eût rendu
au patriote sa vaillante énergie, soit qu'il fît un
effort sur lui-même, il tourna bride, et montrant
à sa fille la mer baignant l'autre versant de la
montagne, il lui dit, son bienveillant sourire aux
lèvres :

— En avant, France ! vers le Canada.

Après quelques heures de marche, le cavalier
et la gracieuse amazone, chevauchant gaiement à
ses côtés devant leur fourgon de bagages, attei-
gnaient le port de Saint-Jean, situé au nord de
l'Acadie, en regard de l'île du même nom.

Michel Gondart aurait pu sans doute s'embar-
quer à Anapolis ; mais, une raison majeure l'avait
engagé à se rendre à Saint-Jean où se trouvait un
lougre français, prêt à lever l'ancre pour le Saint-
Laurent. Ce navire marchand était commandé par
une de ses anciennes connaissances, le capitaine
Mordan.

Aussitôt son voyage définitivement arrêté, le négociant envoya un exprès au capitaine qui répondit en le priant de gagner son bord le plus tôt possible, devant prendre le large dans l'après-midi du lendemain. C'est pourquoi Gondart et sa fille quittèrent Anapolis à la première heure, et se rendirent tout droit au port d'embarquement, sans s'arrêter à la ville de Saint-Jean, qu'ils connaissaient du reste.

Une chaleureuse réception était réservée aux voyageurs, à leur arrivée. Le capitaine Mordan attendait ses passagers ; et aussitôt qu'il les eût aperçus, il franchit la passerelle de son navire; les aida à descendre de cheval et les conduisit aux cabines qu'il leur avait fait installer sur le pont de la *Merveilleuse.*

C'était un fameux marin que le capitaine Mordan. Petit, trapu, dénotant une force musculaire peu commune en même temps qu'une puissante énergie de caractère. Il commandait depuis p'us de vingt-cinq ans, le beau lougre dont il était propriétaire. Vieux garçon, n'ayant jamais connu d'autre joie que celle du marin, il s'estimait le plus heureux des mortels.

Et lorsqu'on lui faisait la remarque qu'il devait se trouver bien seul, il répondait, fort surpris d'une telle question :

— Comment peut-on dire que je sois seul avec

les trente gaillards composant mon équipage ? Et ma *Merveilleuse* qui est ma plus fidèle compagne. Oui, croyez-moi, ajoutait-il, rien ne manque à mon bonheur. Il vous tournait alors les talons en sifflant une vieille chanson de quart.

Pierre Mordan faisait le trafic pour son propre compte, non par soif de l'or, mais par amour de son métier.

Il avait été très longtemps en rapport commercial avec Michel Gondart. Une grande partie des nombreuses marchandises européennes qui encombraient le comptoir, et que le négociant échangeait aux trappeurs contre leurs fourrures, venait, en général, de la cale de la *Merveilleuse*. Mais le capitaine avait dû renoncer, bien malgré lui, à approvisionner son vieil ami. Il avait eu maille à partir avec les Anglais, maîtres du port d'Anapolis, et il se vit dans l'impossibilité d'y aborder. C'est pourquoi il relâchait maintenant à Saint-Jean, quand il se rendait au Canada.

La *Merveilleuse*, quoique simple lougre de commerce, était fort bien armée.

Précaution indispensable dans des temps troublés, où chaque jour, nos navires de commerce étaient aux prises avec la flotte anglaise, ou les nombreux forbans qui parcouraient les mers en quête de pillage. Le journal du capitaine Mordan relatait plus d'un combat dont le résultat final n'était pas à l'honneur de l'Angleterre.   .

Il était bien connu pour ses brillants faits d'armes, remportés souvent contre plus fort que lui. grâce à son incroyable hardiesse qui l'avait fait surnommer, par de joyeux confrères, le capitaine *Mors-aux-dents.*

Lorsque le marin eut introduit ses passagers dans leurs cabines, il les quitta sans plus de cérémonie en leur disant :

— Excusez-moi, mademoiselle, à tantôt mon bon ami ; la manœuvre m'appelle, nous causerons lorsque nous aurons levé l'ancre.

Les bagages du fourgon étaient placés à fond de cale et les chevaux soigneusement amarrés sur le pont dans leurs écuries mobiles, le capitaine donna le signal du départ. Aussitôt, vingt bras virèrent au cabestan. Les ancres furent rapidement caponnées ; les huniers cargués en bordées ; toutes les voiles furent successivement déployées et le lougre obéissant au gouvernail mit le cap à l'ouest-nord-ouest. Le vent était à l'est, la brise était bonne et la marche du vaisseau promettant de répondre au vœu de tous, le capitaine confia la manœuvre à son second et revint trouver ses vassagers.

Michel Gondart, aidé de Corentin Lamorne qui devait partager la cabine de son maître, avait

justement terminé ses petits arrangements, lorsque le marin frappa à sa porte :

— Ah ! mon cher, que je suis heureux de vous
posséder à mon bord. Mais vent en panne ! pour-
rait-on connaître le but de votre voyage ?

— Certainement, capitaine, je vous raconterai
cela en détail.

— Oh ! alors si vous mettez du détail, vous
parlerez à table, cela vaudra mieux, car je commence à sentir mon estomac en branle comme une
coque sans lest.

La porte de la cabine voisine s'ouvrit et France
Gondart parut suivie de sa jeune servante plus
blanche que neige. La pauvre jeune fille n'avait
jamais été sur mer, et l'appréhension, jointe au
tressaillement du navire, lui causait un malaise
facile à comprendre. France lui conseilla de se
coucher et son brave homme d'oncle lui promit de
venir lui tenir compagnie, dès qu'il aurait satisfait la faim qui le tourmentait.

On était à la fin de juin. Les feux du soleil
donnaient aux eaux peu profondes du golfe les
beautés mystérieuses de la pleine mer. Une brise
fraîche et douce rendait le séjour du pont très
agréable. Aussi, le capitaine Mordan avait-il fait
dresser la table sous une tente formée d'une voile
horizontale.

Il fit placer la jeune fille à sa droite et le père à

gauche ; puis, sans respect humain, fit un signe
de croix, dit un court *Benedicite*, véritable prière
de marin, et s'assit le premier, en disant :

— Savez-vous que je n'ai pas souvent l'honneur d'avoir à ma table une aussi gracieuse demoiselle. Veuillez donc me pardonner, si je fais quelques gaucheries.

Voyez, dit-il, elles ne se feront point attendre,
voilà que je verse déjà autant sur la table que
dans l'assiette.

— C'est la faute du roulis, capitaine, reprit la
jeune fille en riant.

Le dîner fut très gai, et il s'acheva, sans que le
capitaine ait eu à déplorer de nouvelles maladres-
ses.

Le voyage, commencé sous les meilleurs auspi-
ces, se faisait rapidement. La *Merveilleuse* portait
bien son nom. Elle semblait glisser sur les eaux
sans même les fendre de son étrave. Pendant la
nuit, elle côtoya la baie des chaleurs, et dès le matin, au moment où le soleil se levait à l'est, semblant sortir de l'Océan, elle doublait le cap Saint-
Laurent ; et, laissant à droite, l'île d'Anticosti qui
sépare en deux l'embouchure du Saint-Laurent,
elle commença à remonter le Grand-Fleuve.

VII

SUR LE SAINT-LAURENT

On ne peut rien imaginer de plus grandiose et
de plus imposant que cette magnifique artère qui
arrose et fertilise les haut et bas Canada, ayant
nom : le Saint-Laurent.

Prenant sa source au large plateau où naissent
également le Missisipi et la Rivière Rouge, le St-
Laurent descend, sous le nom de Rivière de l'Ouest,
jusqu'au Lac Supérieur, vaste mer d'eau douce formée de quarante rivières et qui a près de 300
mètres de profondeur sur une circonférence de 500
lieues. De là, il reprend sa marche par une succession de rapides jusqu'aux lacs Huron et Michigan.
Il prend alors le nom de rivière Sainte-Claire et se
verse dans le lac Erié aux eaux tourmentées qui
lui ont valu le titre de mer orageuse. Enfin, grossi
de nouveaux affluents, le grand fleuve s'élance par

le Niagara, se précipite d'une hauteur de cinquante mètres, aux chutes si souvent décrites, et arrive au lac Ontario, où il prend son véritable nom.

Le Saint-Laurent s'écoule, dès lors, calme et majestueux, jusqu'au golfe du même nom où son embouchure, large de soixante kilomètres, déverse chaque heure à la mer, une masse d'eau évaluée à 55 millions de mètres cubes.

C'est ce fleuve géant que remontait la *Merveilleuse,* contrainte de louvoyer d'un bord à l'autre, pour rompre plus facilement le courant.

Chaque fois que dans ses nombreux zigzags, le navire approchait d'une des rives, les passagers admiraient les plaines fertiles coupées de collines boisées où croissent tous les arbres fruitiers de la vieille Europe, joints aux essences du nouveau Continent.

France Gondart était assise sur le gaillard d'avant. Elle avait en mains une mignonne broderie, et elle causait avec sa jeune servante, à laquelle le calme du fleuve et une bonne nuit avaient rendu toute sa gaieté.

Le négociant et le capitaine Mordan parlaient de choses graves, à en juger par l'air soucieux du premier et les mouvements emportés de l'autre.

— Jamais l'on n'a vu une telle incurie et une semblable insouciance. Comprenez-vous, Gondart? Voilà un an qu'a eu lieu l'affaire des « Grandes

Prairies » où, le 28 mai 1754, notre malheureux compatriote, le capitaine Villiers de Jumonville, envoyé comme parlementaire, a été traîtreusement massacré au bivouac, avec ses hommes, par une compagnie Virginienne ; et notre gouvernement n'a pas encore demandé raison à qui de droit ? Ah ! si je m'appelais Louis XV, il y a longtemps que l'Angleterre m'aurait rendu compte de cet acte.

— Notre roi n'est pas le capitaine *Mors-aux-dents*, nous le savons, hélas ! Mais enfin, des renforts sont envoyés, et le baron de Dieskau doit être arrivé à Québec avec 3,000 hommes de troupes fraîches.

— Belle avance ! le jour même où nos soldats quittaient le Hâvre, le roi George d'Angleterre expédiait en même temps de nouveaux régiments, pour soutenir les Virginiens, et en confiait le commandement au général Braddock.

Voilà où nous en sommes, et la paix dure toujours.

Paix mensongère, s'il en fut, car tandis que le sang de deux nations coule ici, on danse au palais de Versailles, et l'ambassadeur du roi George y est un des plus fêtés. Il en est de même à Saint-James.

Les hypocrites y font des avances à notre représentant.

— Vous voyez la chose d'un peu loin, capitaine.

Sans doute, le sol tremble sous nos pas ; la guerre semble imminente ; mais, les hostilités ne sont pas commencées, et le jour où elles seront constatées, les Anglais verront un second Fontenoy.

— Elles n'ont pas commencé, osez-vous dire ? Mais mille millions de sabord ! Comment appelez-vous donc l'assassinat du capitaine de Jumonville, sinon, une attaque en règle ? Et les renforts dont vous parliez tout à l'heure ? et le crime du 8 juin dernier ! Il n'est pas vieux celui-là. On n'a pu l'oublier encore.

— Que voulez-vous dire ? J'ignore de quel crime vous parlez.

— Ah ! il paraît qu'on n'est pas mieux renseigné en Acadie qu'en France. Eh ! bien, sachez donc, cher monsieur, qu'il y a quinze jours, en vue de Terre-Neuve, deux de nos vaisseaux ont été attaqués, par surprise, et criblés de boulets tirés à bout portant par nos bons voisins, les Anglais. (1)

— Ce fait est vrai ? fit Gondart en pâlissant d'indignation.

— Aussi vrai que notre gouvernement est com-

(1) Historique.

posé d'égoïstes ou de lâches, s'il ne demande bientôt raison à l'Angleterre.

— Oh! il le fera, soyez-en certain, aussitôt que cette infamie sera connue en France.

— Je l'espère, pour l'honneur de mon pays. En prononçant ces derniers mots, le capitaine jeta un coup d'œil sur le fleuve et aperçut une chaloupe venant par tribord, il cria au timonier :

— Vire à tribord ! Lofez ! Lofez ! ou nous allons couler cet animal. Il a donc ses yeux à fond de cale, l'imbécile.

Aussitôt que la barque fut à portée de la voix, le capitaine reprit :

— Ohé ! du canot ? Vous êtes donc aveugle, ou le fleuve n'est-il plus assez large pour mon navire et votre sabot de malheur ?

— Oh ! de la *Merveilleuse*, reprit l'un des hommes du canot. N'avez-vous pas à bord des passagers de Saint-Jean : M. Gondart et sa fille ?

. En entendant prononcer son nom, le négociant regarda avec plus d'attention. Quelle ne fut pas sa surprise en reconnaissant, debout, au milieu du canot, Jean Gonidec : le chercheur-de-pistes !

— Je vous en prie, capitaine, faites monter cet homme à bord. Il doit avoir pour moi, une communication importante.

— Pare à aborder ! cria Mordan.

Un instant après, le trappeur était devant Michel Gondart.

— Qui vous a mis sur ma trace, mon brave, et pourquoi venez-vous au-devant de moi ?

Le chercheur-de-pistes répondit, en serrant fortement la main que lui tendait le négociant :

— Le lendemain du jour où j'eus l'honneur de vous voir, j'appris le danger qui vous menaçait. Je suis retourné aussitôt à Anapolis, mais heureusement pour vous, vous étiez déjà loin de la ville.

Toutefois, voulant être certain que vous aviez échappé au complot de vos ennemis, je me suis mis à votre recherche, et, grâce à mes relations et à mon état, je trouvai vos traces.

Arrivé à Saint-Jean, peu après le départ de la *Merveilleuse*, je montai à cheval, et vous voyez que j'ai fait diligence, puisque je suis parvenu à devancer votre navire et à vous attendre sur le fleuve.

— Mais mon ami, de quel danger voulez-vous parler ? L'homme que vous m'avez fait connaître aurait-il tenté de se venger ?

— Vous ignorez donc, monsieur, le crime abominable commis par les Anglais, et dont vous avez failli être une des premières victimes ?

— Que dites-vous ? interrogea le capitaine Mordan, prenant part à la conversation aussitôt qu'il eût entendu prononcer le nom de ses ennemis.

— Vous aurez sans doute constamment tenu le

large pour ne pas connaître encore ce qui s'est répandu dans le Canada, comme une traînée de poudre, excitant partout l'indignation et la haine ? Sachez donc, que les maîtres de l'Acadie ne pouvant soumettre le peuple resté fidèle à la France, s'en sont emparés par trahison.

— C'est impossible ! s'écrièrent à la fois le capitaine et Michel Gondart.

— Malheureusement, le crime n'a que trop bien réussi. Sans doute, un grand nombre d'Acadiens sont parvenus à s'échapper ; j'ai rencontré de ces malheureux sur toute ma route, mais près de 12.000 compatriotes sont restés aux mains des bourreaux.

— Et qu'ont-ils fait de ces victimes ?

— Ils les ont embarqués sur leur flotte, et ils vont les disperser sur toutes les côtes. Ils s'imaginent détruire ainsi en Acadie, jusqu'au souvenir.

— Les lâches ! rugit le capitaine.

— Nous les vengerons ! ajouta Gondart.

— Oui, nous leur ferons payer ce crime abominable.

Déclarons ouvertement la guerre à l'Angleterre! Louis XV peut rester indolent en son palais de Versailles : nous marcherons sans lui, et si nous ne pouvons rapatrier nos frères, au moins nous les vengerons noblement ou nous mourrons pour eux.

— Dites-nous, mon ami, reprit le négociant, mes compatriotes ont-ils essayé de se défendre ?

— Que voulez-vous qu'ils fissent, monsieur ?

Dans toutes les villes, les Acadiens furent appelés au palais communal. Ils s'y rendirent confiants, et, tandis qu'on les arrêtait, des soldats et des hommes soudoyés enlevaient leurs femmes et leurs enfants.

— C'est horrible !

— Il va sans dire, Monsieur, que vous étiez un des premiers désignés pour l'exil...

— Je regrette de ne pas partager le sort de mes concitoyens.

— Bénissez Dieu, au contraire, qui vous a évité la douleur de voir tomber votre chère enfant aux mains de l'infâme chargé de la ravir. Georges Louisier devait accomplir ce crime.

— Est ce possible ?

— Il s'est rendu chez vous, à l'heure dite, chargé d'un mandat d'amener et accompagné d'une horde de soudards.

— Notre départ est providentiel. Je rends grâce au Tout-Puissant qui protège si visiblement ma fille.

Michel Gondart raconta, en deux mots, au capitaine ce qui s'était passé entre lui et cet homme dont leur parlait le *chercheur-de-pistes.*

Lorsqu'il eut fini, ce dernier ajouta :

— Maintenant que je vous sais à l'abri de tout danger, sous la protection du capitaine de la *Merveilleuse*, je me retire, Monsieur, et vous souhaite bon voyage, en attendant que nous nous retrouvions devant l'ennemi commun.

— Merci, mon brave, pour tout l'intérêt que vous me portez.

Puis-je savoir en quel lieu vous vous rendez ?

— J'ai promis au lieutenant de Boisléon de le rejoindre au lac Ontario. Je pars donc aussitôt.

— Restez plutôt à bord, le capitaine vous offrira volontiers passage.

— Certainement, mon brave. Je ne puis faire moins pour une connaissance de mon vieil ami.

Je fais voile sur Québec; et de là, je remonterai le fleuve jusqu'aux rapides de l'Ontario. C'est donc pour vous une excellente occasion.

— Merci bien, capitaine. Je préfère m'y rendre par terre. J'ai laissé ma monture à la rive; je vais l'y reprendre et serai bientôt auprès de mon lieutenant.

— Vous avez nommé tout à l'heure, M. de Boisléon ?

— Oui, capitaine.

— Rappelez donc à son souvenir, le capitaine *Mors-aux-dents*, une vieille connaissance de feu le marquis son père.

Lorsque le *chercheur-de-pistes* se fut éloigné

dans le canot qui l'avait amené, la *Merveilleuse* reprit sa marche, et les jours suivants, elle continua à remonter le fleuve.

Il était facile maintenant de distinguer les deux rives qui offraient un magnifique panorama. Plus on approche du Haut-Canada, plus le pays devient accidenté. De hautes chaînes de montagnes forment des horizons lointains, d'où descendent de nombreuses rivières qui fertilisent les vallées, et déversent ensuite leurs eaux au grand fleuve, dont les rives ombragées cachent de nombreux villages.

Après quinze jours de navigation, la *Merveilleuse* était en vue des nombreuses îles dont la plus grande, l'île d'Orléans, divise le fleuve en deux bras très étroits, appelés canal nord et canal sud.

Le capitaine Mordan prit le premier, et le lendemain 12 juillet 1755, son lougre accostait les quais de la capitale de la Nouvelle-France.

VIII

DEUX ORPHELINS

Après avoir serré la main du bienveillant capitaine, et laissé à son bord les bagages, puisqu'il devait continuer le voyage, le surlendemain, Michel Gondart prit le bras de sa fille, et débarqua, suivi de Corentin et de sa nièce, chargés de légers porte-manteaux.

France était émerveillée des magnifiques points de vue qu'offraient la ville et les campagnes environnantes ; et elle arrêtait son père à chaque instant, pour lui faire admirer ces sites enchanteurs.

Michel Gondart n'était pas insensible aux beautés de la nature, mais pour le moment, il avait hâte d'arriver auprès de son beau-frère et de sa belle-sœur, qu'il n'avait pas revus depuis la mort de sa femme, c'est-à-dire depuis dix-huit ans.

— Voyez donc, cher père, comme ces sombres forêts couvrant les montagnes, font bien ressortir la blancheur des maisons de la ville !

— Viens, France, nous les verrons bien mieux encore de chez ton oncle ; si j'ai bonne mémoire, il demeure au haut de la ville, presqu'au pied de la citadelle qui la domine tout entière.

— Etiez-vous venu à Québec, avant ma naissance, père.

— Non, ma fille. La ville m'est inconnue ; mais avec une langue, on trouve toujours son chemin.

Comme il prononçait ces paroles, un homme portant le costume du peuple canadien, s'avança un fouet à la main et dit :

— Monsieur veut-il que je le conduise ? Ma calèche est à son service.

Le négociant convint du prix, et bientôt il prit place avec sa fille et ses deux domestiques dans une affreuse voiture à quatre roues, couverte d'une mauvaise bâche et décorée du nom pompeux de *voiture publique*. Malgré le mauvais état du véhicule, les voyageurs n'eurent pas à se plaindre d'avoir accepté l'offre du cocher.

Une foule énorme paraissant fort animée, allait et venait, en se bousculant par les rues étroites. Michel Gondart fort intrigué de voir une telle animation dans une ville qu'il savait ordinairement très calme, interrogea le conducteur qui lui répondit surpris, lui aussi, de l'ignorance de son client :

— Vous ne connaissez donc pas les graves nouvelles politiques ! Quoique la paix règne toujours, dit-on, en Europe, ici, on se bat et cette fois pour de bon. Il y a trois jours, le général Braddock, en se rendant au fort Duquesne à la tête de ses troupes nouvellement arrivées d'Angleterre, a été attaqué et défait dans les bois de la vallée de l'Ohio, par une poignée de Canadiens et par nos braves alliés les Indiens (1). Le général a été tué avec tout son état-major et un seul officier, paraît-il, un tout jeune homme virginien nommé Washington (2) aurait seul échappé au msasacre.

— Peste ! voilà qui est grave.

— Certainement, Monsieur, mais c'est un grand bonheur. Il faut espérer que les Anglais se le tiendront pour dit, et qu'ils abandonneront cette fois, leur projet d'envahir notre cher pays.

— Espérons-le, mon ami.

Les rues étant plus larges, et la foule moins grande, le cocher fouetta ses chevaux qui partirent au trot. Le bruit de ferraille et le cahot de la voiture ne permettant plus de s'entendre, les voyageurs durent se contenter, pour le moment, d'admirer la ville.

(1) Historique
(2) Devenu plus tard le célèbre fondateur de l'Indépendance américaine.

Bâtie en amphithéâtre à la pointe extrême du cap Diamant, Québec — autrefois Kébec, qui voulait dire en langue indienne rétrécissement — doit ce nom, sans doute, au peu de largeur du fleuve en cet endroit.

Elle est divisée en deux parties. La basse ville, aux ruelles tortueuses et étroites, qui borde les quais ; et la haute ville dont les maisons s'étagent sur le flanc de la colline.

La voiture gravit la principale rue qui serpente le long de la côte, et s'arrêta après une grande demi-heure de marche, devant une maison bâtie entre deux jardins.

Michel Gondart descendit le premier et fit résonner le lourd marteau de la grille.

— Presque aussitôt une domestique s'avança au-devant des visiteurs.

— Monsieur et Madame Calmiro sont-ils chez eux ?

La jeune servante, en entendant ces mots, pâlit affreusement, et répondit en balbutiant :

— Monsieur est sans doute étranger et ignore donc que mes malheureux maîtres sont morts tous deux, il y a à peine quinze jours.

— Ciel ! que dites-vous, ma fille ? Je suis M. Gondart, le beau-frère de vos maîtres. Est-il possible qu'un tel malheur soit arrivé sans que j'en fusse même informé !

La servante fit entrer les arrivants, et tout en les conduisant à travers le jardin, elle leur apprit la triste réalité. M.Calmire, frère de Mme Gondart, atteint d'une violente fièvre typhoïde, avait été enlevé rapidement, et sa malheureuse femme, frappée du même mal en soignant son mari, ne lui survécut que quelques jours.

Michel Gondart et sa fille furent atterrés en apprenant cette foudroyante nouvelle. Tout en écoutant le récit de la servante, ils pénétrèrent, sans y prendre garde, dans un petit salon, où une toute jeune enfant en grand deuil se leva, à leur entrée, et s'apprêta à sortir en emmenant un jeune garçon qui jouait auprès d'elle.

— Restez, Mademoiselle Lucile, dit la domestique. Voici Monsieur votre oncle qui arrive d'Anapolis.

— Ah ! je savais bien que vous ne nous abandonneriez pas ! mon frère et moi, prononça la jolie enfant, en s'élançant vers l'oncle qu'elle ne connaissait pas, et en éclatant en sanglots.

Des bras de M. Gondart elle passa dans ceux de sa cousine, qui l'embrassait en l'inondant de larmes.

— Ma pauvre enfant, lui dit le négociant, lorsque la première douleur se fut calmée, j'ignorais complètement la rude épreuve que Dieu t'envoie.

— Comment, mon oncle, vous n'avez pas reçu ma lettre?

— Non, Lucile; en nous rendant à la concession que j'ai achetée dans le haut Canada, France et moi, nous voulions passer quelques heures avec vous tous.

C'est ta servante qui vient de nous apprendre l'horrible événement qui te frappe, ainsi que ton frère Alcide.

— Ma lettre sera arrivée chez vous bien après votre départ, mon bon oncle. Il y a à peine quinze jours que je suis orpheline, et pourtant, il me semble qu'un an s'est écoulé depuis lors.

La sensible enfant versa de nouvelles larmes, en cachant son visage sur le sein de sa cousine qui essayait vainement de la consoler.

— Ne pleure pas ainsi, sœur, fit le petit garçon. Tu sais bien que maman t'a fait promettre d'être forte et de la remplacer auprès de moi. Je n'ai que douze ans, tu en as quatorze, et je suis obligé de te donner l'exemple !

— Tu as raison, Alcide ; mais mon chagrin est si grand ; et l'arrivée des seuls parents qui nous restent ravive encore ma douleur.

— Elle devrait au contraire te consoler. Rappelle-toi ce que t'a dit ma mère lorsqu'on nous éloignait d'elle : « Ecris de suite à l'oncle Michel,

il est si bon, si bon ; disait-elle, qu'il viendra de
suite auprès de vous quand je n'y serai plus. »

— Pauvre mère ! reprit la fillette. Elle voyait
bien son état, et elle voulait nous assurer un
protecteur.

— Vous l'aurez, chers enfants ; et si, en ce
moment, une consolation est accordée à ma douleur, c'est celle de vous adopter pour mes enfants.
Dès cet instant, vous retrouvez un père.

— Et une sœur dévouée, ajouta France qui
tenait toujours dans ses bras la fillette éplorée.

Michel Gondart était plus préocupé qu'il ne voulait le paraître, des noûveaux devoirs s'imposant
à lui. Il n'avait pas balancé un instant à quitter
Anapolis et à emmener sa chère France avec lui
dans ses terres de l'Ouest. Il connaissait l'intré-
pidité de sa fille. Mais, pouvait-il songer à poursuivre son voyage dans un pays presque encore
sauvage, en se chargeant de deux enfants aussi
jeunes que l'étaient sa nièce et son neveu? Devait-
il rester à Québec, reprendre le chemin de l'Acadie... ou continuer son voyage ?

Il appela sa fille et lui demanda son avis.

— Vous n'avez à choisir qu'entre deux partis,
répondit France : Rester ici ou continuer votre
voyage. Nous ne pouvons plus retourner à Anapolis, après ce qui s'y est passé.

— C'est vrai, chère enfant, mon désir est évidemment d'aller à ma concession. Mais n'est-ce pas une lourde charge et une grande responsabilité que d'y conduire ton cousin et ta cousine ?

— Lucile est déjà une jeune fille sérieuse et Alcide a un petit air décidé qui promet pour l'avenir.

— Sans doute. Mais rappelle-toi que nous allons dans un pays, où nous devrons tout à nos faibles ressources, sans avoir à espérer aucun secours étranger ; et peut-être, avant peu, devrons-nous y défendre nos existences.

— Serions-nous ici beaucoup plus à l'abri du danger ?

— Non, sans doute : mais il sera moins grand que là bas.

— Je ne veux pas vous influencer, mon cher père ; et partout où vous irez, je serai heureuse de vous suivre et de me dévouer au bonheur des enfants que Dieu nou.. .onfie.

Après mille réflexions, Michel Gondart se décida à poursuivre sa route. Il employa toute la journée du lendemain, à régler les affaires les plus pressantes de la succession des pauvres défunts, et le 14 au soir, il amenait à bord de la *Merveilleuse* les deux enfants, tout heureux de la nouvelle vie qui s'offrait à eux.

La seconde partie du voyage sur le fleuve s'effectua gaiement, en dépit des tristes circonstances.

France ne se possédait-pas de joie, d'avoir auprès d'elle une gentile compagne, plus jeune qu'elle il est vrai, mais dont le chagrin avait mûri l'heureuse et charmante nature.

Michel Gondart jouissait de la satisfaction que donne toujours le devoir accompli, et voyait approcher avec bonheur le terme du voyage.

Il n'y avait pas jusqu'aux domestiques qui ne partageassent le bonheur de leurs maîtres.

Corentin Lamorne avait trouvé un élève docile dans le jeune Alcide Calmire; et sa nièce, la craintive Louise, s'enhardissait au point d'oser regarder les eaux du fleuve se brisant écumantes, contre les flancs noirs du navire. Quant au capitaine Mordan, l'échec des Anglais à la vallée de l'Ohio, le rendait radieux. Jamais, au dire de ses hommes, il n'avait été de si bonne humeur.

On eût dit que sa chère *Merveilleuse* ressentait, elle aussi, la joie de son capitaine. Elle avançait légère, fendant rapidement les vagues bleues du Saint-Laurent.

Après avoir relaché successivement à Sainte-Anne, aux trois rivières, à Saint-Sulpice et à l'île Jésus, le capitaine Mordan atteignit enfin Montréal, le terme de son voyage. Mais voulant rendre un dernier service à son vieil ami, il lui proposa de le conduire de suite à Sainte-Claire, petit village situé au bord de la rivière Outaouais.

Ne pouvant remonter le Saint-Laurent au-delà du lac des deux montagnes, où les rapides dits du coteau Saint-François interdisaient toute navigation (1),Michel Gondart accepta avec reconnaissance les offres du capitaine.

La *Merveilleuse* n'accosta pas les quais de Montréal ; cette grande ville toute française, aux maisons bien bâties, aux rues larges et spacieuses, déjà à cette époque, l'un des principaux centres des arts, du commerce et de l'industrie en Amérique.

Les voyageurs doublèrent l'île du même nom, et atteignirent bientôt le confluent de l'Outaouais, large et belle rivière qui coule entre deux hautes chaînes de montagnes,dont les derniers mamelons s'avancent en deux caps aigus semblables à des sentinelles géantes gardant l'entrée de l'Outaouais et qui ont valu au fleuve,très large en cet endroit, le nom de lac des deux montagnes.

La *Merveilleuse* franchit pendant la nuit la passe resserrée, et le lendemain, au point du jour, elle atteignit Sainte-Claire, d'où Michel Gondart et sa famille devaient commencer leur voyage à travers le territoire indien.

Le capitaine n'avait pas de temps à perdre. Il

(1) Aujourd'hui, des canaux creusés de mains d'hommes permettent aux plus gros navires de contourner les rapides et les chutes, jusqu'au-delà des grands lacs.

s'occupa donc activement du débarquement de
ses amis, et leur procura un guide canadien, brave et digne homme, qui se chargeait de conduire
rapidement les voyageurs à leur concession.

Avant de descendre à terre, Michel Gondart
adressa ses adieux au capitaine, et le remercia
des preuves d'amitié qu'il n'avait cessé de lui
témoigner pendant tout le voyage. Cette dernière
entrevue fut triste. Il semblait au négociant et à
sa fille que le capitaine, en les quittant, brisait le
dernier lien qui les rattachât à la patrie, et ce fut
le cœur bien gros et les larmes aux yeux qu'ils
virent la *Merveilleuse* lever l'ancre, gonfler ses
voiles et disparaitre dans le lointain.

IX

A TRAVERS LE TERRITOIRE OTTAWAIS.

Michel Gondart ne s'abandonna pas longtemps
à la triste rêverie qui menaçait d'envahir son âme
et celle des enfants.

— Allons, mes amis, leur dit-il, nous sommes
venus ici de notre gré. Nous n'avons donc pas le
droit de nous plaindre. Bientôt, du reste, nous
arriverons chez nous, sous la conduite d'un compagnon sûr et fidèle ; n'est-ce pas, mon ami ? fit
le négociant en tendant la main au Canadien qui
attendait ses ordres.

— Vous pouvez compter sur moi, Monsieur,
reprit le guide.

— Voyons ne restons pas inactifs. Par quoi
devons-nous commencer ?

— Il me semble, Monsieur, qu'avant tout, il
faut vous procurer un attelage.

— Sera-ce facile, dans ce pays ?

— Certainement Monsieur ; j'ai même un frère tout disposé à se charger du transport de vos bagages. Son métier est justement de conduire les émigrants qui voyagent à travers les prairies. Il est donc monté en conséquence, et vous serez satisfait de ses services.

Le négociant accepta et régla sans compter. Le soir même ses colis furent chargés avec soin sur un grand et léger chariot, dont l'arrière était aménagé pour offrir une place sûre et confortable aux enfants et à la domestique, qui n'avaient pas assez l'habitude du cheval pour faire un aussi long voyage.

Le lendemain à la première heure, Michel Gondart donna le signal du départ. Le chariot, attelé de six vigoureux chevaux se mit en route, conduit par les deux frères montant chacun un des chevaux de trait. France Gondart, sur son cher *Vaillant*, suivait le véhicule, accompagnée de son père et de Corentin, monté lui aussi, par les soins des guides.

Le brave Lamorne conduisait en outre un cheval de renfort, pour le cas où un accident arriverait à l'un de ceux de la voiture.

En quittant le village, la petite caravane franchit d'abord une plaine couverte d'un gazon fin et épais, émaillé de fleurs de mille couleurs; puis, vers midi, elle entra dans une vaste forêt dont les arbres gigantesques au feuillage touffu, entre-laçaient leurs branches et formaient un dôme élevé tamisant les chauds rayons d'un soleil de mois d'août.

Les beautés de la grandiose nature, jointe à la nouveauté de ce voyage, rendaient à tous la gaie-té. France Gondart, descendue de cheval, avait pris place sur le chariot et elle babillait joyeuse-ment avec Lucile et son frère, tout en tenant la bride de sa monture. Son père s'était rapproché des conducteurs, et prenait plaisir à écouter les récits imagés qu'ils lui faisaient de leurs précé-dents voyages, et de la vie aventureuse qu'ils menaient depuis plus de dix ans.

Paul et Robert Dubrec — c'est ainsi que s'ap-pelaient les guides—étaient jumeaux. Ils avaient à peine vingt ans, lorsqu'un jour ils quittèrent l'Acadie pour conduire au lac du Nord, un riche voyageur qui les dédommagea généreusement de leur déplacement. A leur retour, ils s'arrêtèrent forcément au village de Sainte-Claire. Robert venait d'être atteint d'une forte fièvre qui dura plusieurs semaines. Les jeunes gens se trouvè-rent si bien de l'hospitalité qui leur était si large-gement accordée, que tous deux se fixèrent dans le village et s'y marièrent bientôt. Depuis lors, ils continuaient leur métier de guides et à les en-

tendre parler, on voyait sans peine, qu'ils connaissaient admirablement l'immense territoire
canadien.

Tout en causant, on faisait du chemin.

La route quoique à peine tracée, n'offrait pas de
difficulté, et le chariot avançait rapidement.

— Pensez-vous sortir de la forêt avant la nuit?
demanda Michel Gondart aux guides.

— Ni ce soir, ni demain, répondit Robert
Dubrec. A peine rencontrerons-nous quelques
grandes éclaircies qui feront bientôt place à de
nouveaux bois.

— Alors nous coucherons sous ces voûtes sombres ? s'écria du chariot la jeune Lucile.

— Oui, sœurette. En compagnie des tigres, des
jaguards et des ours grisly.

La fillette eut un frisson en entendant son
frère.

— N'écoute pas ce méchant garçon, Lucile, lui
dit France. Nous n'avons rien à craindre dans ce
pays. Les guides le répétaient encore tout-à-l'heure à mon père.

— Est-ce bien vrai ? Mademoiselle, demanda
la jeune servante, qui ne voulait pas paraître effrayée, mais dont la figure toute pâle apparaissait anxieuse derrière Lucile Calmire.

— Les fauves sont en très petit nombre sur le
territoire des Gttawais, et en admettant qu'il s'en

trouvât quelques-uns dans le voisinage, ils n'ose-
raient nous attaquer. Nous sommes, en outre,
bien armés et en nombre suffisant pour vous défendre, répondit M. Gondart.

On continua à avancer, et bientôt la caravane
atteignit une petite clairière où coulait un limpide
ruisseau.

Déjà, le soleil baissait à l'horizon, et ses
rayons mourants ne pénétraient plus qu'obliquement
ment le feuillage des grands arbres, dont les
troncs gigantesques prolongeaient vaguement sur
le sol leurs ombres indécises.

— Nous ferions bien de ne pas aller plus loin,
fit Michel Gondart. L'endroit ne peut être mieux
choisi pour passer la nuit.

Sur l'approbation de tous, la caravane s'arrêta.
Chacun mit pied à terre, et l'on commença aussitôt les préparatifs du bivouac.

Le chariot fut laissé à l'entrée de la clairière.
Les guides tendirent le long du véhicule des auges
en toile, où les chevaux, débarrassés de leur
harnais, reçurent une copieuse ration de maïs.

Tandis que Michel Gondart et Corentin dé-
ployaient et dressaient la tente entre la lisière du
bois et le chariot, la servante, aidée des deux
jeunes filles, allumait un bon feu sur la berge du
ruisseau, et préparait le modeste repas du soir.

Lorsque le souper fut prêt, Louise mit le service sur une caisse tenant lieu de table, autour de laquelle chacun prit place, bien décidé à faire honneur au talent culinaire de la jeune servante, et à satisfaire un appétit qui se faisait vivement sentir, après les fatigues d'une longue route.

La nuit venait rapidement. Déjà, la flamme du foyer éclairait seule la clairière, et projetait ses vives lueurs sur le bivouac et sur les buissons d'alentour, où des myriades de lucioles et d'insectes phosphorescents voltigeaient en se lutinant.

Bientôt la lune se levant, plongea ses rayons argentés à travers la voûte de verdure et éteignit comme par enchantement les mille fanaux de ces petits êtres animés.

Pour tous, c'était l'heure du repos.

Michel Gondart donna le signal et chacun se disposa à passer de son mieux cette première nuit à la belle étoile. Les jeunes filles se retirèrent dans le chariot, sous la bâche duquel, elles avaient étendu de moëlleux matelas et de chaudes couvertes.

Les hommes partagèrent fraternellement la tente. Il fut convenu que chacun d'eux veillerait à tour de rôle, à la sûreté de tous, et entretiendrait le foyer, dont la flamme suffirait à éloigner les bêtes fauves qui pourraient rôder dans le voisinage du campement.

Rien ne vint troubler la quiétude des voyageurs,

et tous se levèrent le lendemain, frais; et dispos. Après un substantiel déjeûner, les chevaux furent attelés ; les cavaliers enfourchèrent leur monture, et la caravane reprit sa route sous les arbres et les lianes odoriférantes, encore tout humides de rosée.

Pendant quatre jours, les voyageurs continuèrent à avancer à travers l'immense forêt qui recouvre une partie du territoire des Outawais.

Pendant ces longues journées de marche, ils ne rencontrèrent pas un seul être humain et ils commençaient à trouver le chemin monotone, lorsque les guides annoncèrent la fin prochaine de cet interminable sol boisé, où l'horizon s'arrêtait aux taillis impénétrables bordant la route.

En effet, le bois devint moins sombre. Des éclaircies se montraient çà et là et bientôt, la forêt cessa complétement, pour faire place à une plaine sans limite, couverte d'une herbe haute, parsemée de fleurs charmantes. De nombreux troupeaux de bœufs sauvages paissaient tranquillement et, de leurs bons grands yeux ronds, regardaient passer la caravane.

Le soir même, les voyageurs atteignirent les bords d'un large cours d'eau que les frères Dubrec dirent être la Rivière du Rideau. On établit le campement sur la rive, à la grande joie des enfants et de France, heureux de respirer au grand air, et de voir venir se désaltérer à la rivière, les petits bœufs roux, et de nombreux cerfs dont les bois majestueux émergeaient seuls des hautes herbes.

Le lendemain matin, au moment où les voyageurs se disposaient à passer la rivière à gué, un groupe d'indiens Ottawais se montra sur l'autre rive. C'étaient les premiers sauvages que l'on rencontrait, depuis le départ. Aussi, les jeunes filles furent-elles fort effrayées, à la vue de ces hommes au teint cuivré, à la chevelure ornée de plumes et à peine couverts de peaux de bisons grossièrement tánnées.

Les Indiens s'avancèrent au-devant des voyageurs, avec des intentions évidemment pacifiques. Lorsqu'ils furent à portée de la voix, ils saluèrent en étendant les bras vers l'Orient, comme ils ont coutume de le faire ; puis, l'un d'eux, le chef sans doute, dit en langue huronne que comprenaient les guides ainsi que M. Gondart :

— Les fils des Grandes-Prairies sont heureux de voir, au lever du jour, leurs frères les Visages-Pâles. Cette rencontre leur portera bonheur, et les castors abonderont en grand nombre sur leurs chasses.

Michel Gondart répondit à cet aimable compliment, et s'informa ensuite à quelle distance il pouvait être encore du lac Erié.

— Mes frères ont de bons chevaux, ils seront
au but de leur voyage, lorsque le soleil sortira
pour la dixième fois du grand lac salé.

— Y a-t-il quelques concessions ou quelques
villages près d'ici ? demanda encore le négociant.

— Nos carbets sont nombreux sur tout le territoire des aïeux.

— N'avons-nous rien à redouter, en approchant
de vos villages ?

— Mes frères sont de bons Visages-Pâles,
venus des prairies de France, et nos frères sont
nos frères. L'hospitalité leur est dûe, et nos haches de guerre sont levées, pour les défendre
contre leurs ennemis, les jaloux Visages-Pâles à
à la langue fourchue qui n'ont pas de *robes noires*,
pour leur dire : Adore le Dieu des grandes
chasses célestes... Aime tes frères Hurons, Ottawais, Delawares, comme tu aimes tes frères les
Visages-Pâles...

— Les Anglais dont vous voulez parler n'ont
pas encore envahi le territoire ?

— Mon frère pense ce qui est vrai. Mais les
méchants Visages-Pâles ont traversé les monts
Alleghanys, et ils élèvent de grands carbets bien
défendus, qu'ils appellent des forts, sur le territoire des Iroquois, des Delawares et des Miamis,
qui ont trahi leurs frères les Visages-Pâles de
France. Que mon frère se rassure pourtant. Les

Anglais ne passeront pas les grandes mers d'eau
douce. Ils savent que les Ottawais; leurs frères
voisins, les Hurons, et tous les Indiens du nord,
sont de vaillantes nations qui soutiendront les
premiers Visages-Pâles.

— Avec de tels auxiliaires, nous n'avons rien à
craindre

— Mon frère doit veiller pourtant à sa chevelure et à telles de ceux qu'il aime. Si son cœur
est vaillant, si notre nation est prête à le défendre,
ses ennemis sont forts et puissants ; ils sont nombreux comme les étoiles de la voûte céleste ou les
brins d'herbe de nos prairies.

— Je suivrai vos avertissements, mon frère ;
et lorsque je serai arrivé sur mes terres situées
au bord du lac Érié, au pays des Hurons, je m'y
fortifierai, et j\ ferai bonne garde.

— Que le Grand Manitou des Robes-Noires protège donc mon fère et le garde des embûches de
ses ennemis. J'ai dit et je vais !

Après ces sentencieuses paroles, les Indiens
s'éloignèrent, en remontant le cours de la rivière.

Michel Gondart donna aussitôt le signal du
départ, et la petite caravane, ayant passé le gué,
continua à avancer sans incident notable. Les
jours suivants, elle traversa plusieurs villages
Ottawais et Hurons ; partout, l'accueil fut bienveillant, et le négociant put voir combien les

Français, par leur sage et pacifique colonisation, avaient su gagner et s'attacher ces fiers Indiens.

France était toute fière des réceptions faites à son père, et elle en concevait une sympathie plus vive pour les Indiens qu'elle avait toujours aimés. Toute petite, elle entrait furtivement au comptoir de son père, et lorsqu'il y avait au bureau un de ces hommes du nord, loin de fuir, comme l'eussent fait sans doute bon nombre d'enfants de son âge, elle s'approchait de l'Indien, étonné lui-même de voir cette jolie fillette jouer avec sa ceinture de plumes éclatantes, et toucher de sa petite main rosée son terrible tonawack.

La craintive Lucile commençait, elle aussi, à se familiariser avec les sauvages qui lui causaient, au début, de grandes frayeurs, qu'augmentaient encore les terribles récits de son frère Alcide.

Enfin, après un mois de voyage, la caravane venait de traverser une vaste forê, et elle entrait de nouveau dans une plaine, lorsque France, qui chevauchait en avant, heureuse de voir devant elle un nouvel espace, tant elle aimait peu les routes resserrées sous bois, revint au galop au-devant de son père, en lui disant :

— Voyez-donc, cette ligne bleue à l'horizon, ne dirait-on pas la mer ? C'es sans doute un effet de mirage.

— Détrompez-vous, Mademoiselle, reprit l'un

des guides, et en même temps, réjouissez-vous.
Vous avez aperçu, la première, le lac Erié !

A ces mots, chacun fut transporté de joie.

On dut encore camper, ce soir-là, dans la plaine ; mais le lendemain matin, les voyageurs gagnèrent les rives du lac, c'est-à-dire le but tant désiré de leur voyage.

X

LA CONCESSION SAINTE-GENEVIÈVE

Michel Gondart, en arrivant sur ses terres, n'allait pas avoir à lutter contre les mille difficultés et les fatigues qui attendent ordinairement l'émigrant du Far-West.

La concession qu'il avait reprise à un colon français retourné dans sa patrie, était en pleine exploitation, et le négociant espérait y trouver, sinon le confortable, du moins une installation provisoire. Quelle ne fut donc pas sa surprise, en se trouvant en présence d'une spacieuse ferme, solidement construite, entourée de hautes palissades et de fossés profonds qui faisaient de la métairie un véritable fort !

— Est-ce possible ! s'écria M. Gondart hors de lui-même ; mon domaine est un vrai royaume, et ma demeure une place-forte. Vois donc, fillette, ajouta-t-il en appelant sa fille, lorsque nous serons enfermés là-dedans, nous pourrons soutenir le siège de toute une armée.

Michel Gondart exagérait tant soit peu ; mais celui qui avait construit la métairie Sainte-Geneviève, l'avait mise à l'abri d'une attaque imprévue des sauvages.

Elle était située sur un mamelon, à deux cents mètres à peine des bords du lac, et dominait la plaine d'alentour, défiant ainsi toute surprise. Un homme de garde sur les barricades, pouvait embrasser d'un regard toute l'étendue d'un immense horizon.

Il avait été convenu dans les conditions d'achat, que le régisseur de la propriété l'aurait entretenue, et y demeurerait jusqu'à l'arrivée du nouveau maître. Le négociant savait donc trouver quelqu'un pour le recevoir.

La caravane s'avança jusqu'au près de la palissade, composée de troncs d'arbres enfoncés dans le sol, à coté les uns des autres, et défendue en avant par un fossé large, et profond de deux mètres, qu'emplissaient les eaux claires et limpides de plusieurs sources.

L'enceinte formait un large triangle, dont le plus grand côté, celui du nord, regardant le lac, était percé d'une porte massive. Un pont-levis primitif y donnait accès. En ce moment, le tablier en était levé. Les guides appelèrent.

Les aboiements furieux de toute une meute leur répondirent, et prouvèrent aux arrivants que la demeure était bien gardée. Des pas résonnèrent aussitôt derrière la palissade ; deux hommes virèrent ensemble à une sorte de cabestan, et le pont-levis s'abaissa, livrant passage à un petit homme, gros et trapu, à la figure joviale, qui salua jusqu'à terre, en demandant :

— Aurais-je l'honneur de recevoir déjà mon nouveau maître ?

— Vous l'avez dit, Monsieur, je suis Michel Gondart.

— Entrez donc, mon bon Monsieur, que je vous fasse au plus tôt les honneurs de votre domaine.

— Vous êtes sans doute Monsieur Dumetz, le régisseur intelligent, qui a su si bien entretenir ma propriété, à ce que je vois ?

— Vous me faites trop d'honneur, reprit le petit homme dont la figure joufflue s'empourpra d'un si légitime orgueil.

Michel Gondart et sa fille franchirent les premiers le pont-levis qui résonna sous les sabots de leurs chevaux. Le chariot passa ensuite, suivi de Corentin Lamorne, grave comme en toute circonstance, et formant l'arrière-garde.

Celui que le négociant avait appelé M. Dumetz fit relever le pont-levis, et voyant que les voyageurs étaient surpris d'un tel empressement à se mettre à l'abri, il leur dit :

— C'est une sage précaution, Messieurs. On ne saurait en avoir trop, au désert. Maintenant, vous êtes chez vous. Et se retournant, le régisseur se mit à crier :

Louis, Pierre, Maurice, où êtes-vous donc ? chenapans ! Venez vite saluer M. Gondart, notre nouveau maître, et conduisez ensuite les chevaux aux écuries.

A cet appel, et à la douce qualification qui le suivit, trois forts garçons de vingt à vingt-cinq ans accoururent, et s'approchèrent en saluant gauchement.

— Ce sont mes fils, Monsieur, trois bons gaillards durs à l'ouvrage, et qui vous sont tout dévoués, sans vous connaître. Il leur suffit que vous soyez le maître, pour qu'ils se fassent, au besoin, tuer pour vous et votre famille.

— Je leur en sais gré. Ils peuvent compter aussi sur ma protection et mon amitié. Car, sachez-le tous : mes serviteurs sont mes amis, presque mes enfants, j'entends et je veux qu'ici règne la vie de famille.

Après ces paroles, suivies de cordiales poignées de main, les voyageurs furent introduits à la ferme.

Ils pénétrèrent dans une pièce rappelant assez

les cuisines de nos vieilles habitations du nord de
la France.

Une cheminée au grand et vaste manteau tenait
presque toute la largeur du mur de fond. Quatre
fenêtres étroites qui se fermaient le soir, par des
volets dont l'épaisseur devait défier les balles,
comme le reste de l'habitation, éclairaient la pièce
au plafond noirci par la fumée et aux poutres
duquel, pendaient des quartiers de venaison.

Lorsque les voyageurs entrèrent, une femme
portant la cinquantaine, pétrissait une pâte de maïs,
qui bientôt, se changerait en gâteaux dorés et
appétissants, tandis qu'une jeune fille de dix-sept
à dix-huit ans, assise à l'une des fenêtres, rac-
commodait les hardes de la famille.

— Femme, dit le régisseur, en introduisant ses
hôtes, voici notre maître. Prépare-toi à le recevoir
dignement. Jeannette, quitte ton aiguille et mets-
toi au service de ces belles demoiselles.

Chacun eut vite fait connaissance. Il n'y a rien
de tel que l'isolement au milieu du désert, pour
faire naître subitement de vives sympathies et de
sincères amitiés. Les voyageurs n'étaient pas assis
depuis plus dix minutes, que chacun était à son
aise.

— Tandis que ma femme et ma fille vont préparer le repas, si vous le voulez bien, je vous
ferai visiter votre domaine.

Michel Gondart et les enfants suivirent le régisseur. Louise Lamorne et son oncle voulaient, à tout prix, aider Mme Dumetz et sa fille, mais celles-ci ne le permirent pas.

— Que diable ! dit la ménagère, il faut bien que vous connaissiez la maison. Accompagnez donc les maîtres. Plus tard, nous travaillerons ensemble.

La métairie Sainte-Geneviève se composait de trois corps de bâtiments. Celui du milieu formait l'habitation proprement dite : — la maison du maître comme l'annonçait Daniel Dumetz. — Elle n'avait pas d'étage et était construite en forts madriers, recouverts d'une épaisse couche de terre glaise, aussi dure que du ciment. L'intérieur se divisait en quatre grandes pièces. La première, semblable à celle de l'aile gauche, où avaient été introduits tout d'abord les voyageurs, servait de cuisine. Les autres, plus petites, formaient les chambres à coucher. Michel Gondart choisit la première, tenant à la salle commune ; France et Lucile s'accommodèrent de la suivante. Déjà les jeunes filles formaient entre elles mille projets.

— Nous travaillerons près de cette fenêtre, disait Lucile. Vois donc, France, comme on y jouit d'un beau panorama.

La vue était en effet magnifique. Elle s'étendait au-delà des palissades sur la prairie de trèfle

blanc où paissaient de nombreux troupeaux, dont
le tintement des clochettes arrivait jusqu'à la
métairie. Plus loin, le lac Érié, immense comme
une mer, reflétait le ciel bleu qui se confondait
avec lui, dans un horizon lointain. De la fenêtre
opposée, la vue n'était pas moins belle. Elle offrait
une succession de champs cultivés, de prairies
verdoyantes, de jardins fruitiers, se perdant aux
limites extrêmes jusqu'aux forêts vierges encore.

France, avec ses yeux de lynx, aperçut au-delà
des bois, un peu sur la droite, un point blanchâ-
tre se détachant sur l'azur du ciel ; elle en fit
aussitôt la remarque.

— Que vois-je, là-bas ? dit-elle, en indiquant
la direction ; on croirait une habitation.

- - Vous ne vous trompez pas, Mademoiselle.
C'est la concession de Saint-Jean.

— Ah ! nous avons donc des voisins aussi
près de nous ? interrompit Michel Gondart avec
une vive satisfaction.

— Oui, Monsieur, il y en a même de très rapprochés. Là, sur la gauche, se cache derrière ce
bouquet d'arbres, la ferme des Desprey. Nous
n'en sommes guère éloignés que de deux milles
environ.

— C'est une très bonne chose d'être entouré
d'habitations, le pays en est plus sûr et plus
agréable.

— Certainement, Monsieur, d'autant plus que les Desprey et les Lavois, qui habitent l'autre ferme aperçue par Mademoiselle, sont d'excellents voisins, toujours prêts à rendre service.

— Nous nous ferons un plaisir d'aller les voir.

— Quel bonheur ! s'exclamèrent les jeunes filles, nous pourrons faire des visites.

— Je mettrai ces jours-là mes plus gracieuses toilettes, conclut Lucile un peu coquette.

— C'est cela ! répliqua son frère enchanté de pouvoir placer un mot et taquiner en même temps sa sœur ; tous les tigres viendront te dire combien ils te trouvent belle et de leur goût.

— Méchant ! reprit la fillette en suivant M. Gondart dans la chambre du fond, divisée en deux, par un léger entrefend

— Corentin ! Corentin ! appela Michel Gondart. Voici votre domaine et celui de Louise.

Les braves serviteurs furent ravis de leur installation. La jeune servante était heureuse de se savoir près de son oncle, et voisine de ses jeunes maîtresses.

Alcide Calmiro s'étant déjà emparé d'une alcôve située dans la chambre de son oncle, la distribution des chambres se trouvait donc finie, et les visiteurs revinrent dans la cour.

Le régisseur leur fit alors visiter l'aile droite

qui composait le logement de sa famille et celui de trois ou quatre serviteurs.

L'aile gauche du bâtiment renfermait les écuries, étables, magasins de vivres, granges, etc. Les visiteurs ayant admiré la bonne disposition de tous ces locaux et la façon dont ils étaient tenus, contournèrent la maison et arrivèrent sur le côté de la cour, formé par le troisième angle des palissades.

Là, nouvelle surprise ! Tout un monde emplumé s'ébattait, qui sur un fumier, qui au milieu d'une mare, dont les eaux étaient fournies par les sources du fossé entourant la palissade.

— Oh ! le joli pigeonnier, s'écria Alcide Calmire ; on dirait une tourelle de château-fort, fit le petit garçon, en désignant une construction massive s'élevant à l'angle extrême du triangle.

— Le pigeonnier est dans le grenier de la maison, mon petit monsieur, répondit Daniel Dumetz. Ce que vous voyez là, est réellement une tour défendant votre domaine. Venez plutôt.

Le régisseur conduisit ses visiteurs à une sorte de tour carrée ayant environ trois mètres de côté sur six à huit d'élévation. Elle était construite avec des troncs d'arbres grossièrement équarris. A l'intérieur, un escalier dont les marches se composaient également de blocs de bois, condui-

sait à une petite plate forme au milieu de laquelle
était une couleuvrine de petit calibre.

— Celui qui a élevé cette métairie en a donc
voulu faire un véritable fort ? demanda Michel
Gondart.

— Votre prédécesseur avait une peur horrible
des Indiens : c'est même ce qui l'a fait abandonner
la concession. Il voulait se mettre à l'abri de tout
danger.

— Ces précautions lui ont-elles été utiles ?

— Autrefois le pays n'offrait pas de grandes
garanties, mais, depuis dix ans, nous n'avons eu
à soutenir aucune attaque. Quelques maraudeurs
sont bien passés sur les terres, mais ils n'auraient
jamais osé attaquer Sainte-Geneviève.

— Je suis très heureux de trouver tout cela,
reprit Michel Gondart. Avant peu nous ne nous
plaindrons peut-être pas d'être trop bien protégés.

— J'en ai plus peur que d'envie, Monsieur. Les
affaires ne vont pas de l'autre côté des lacs ; les
Indiens se sont soulevés contre les Français, et
les Anglais font cause commune avec eux.

— Ils n'ont pas encore essayé de passer de ce
côté ?

— Non. La chose leur est, du reste, difficile.
Ils savent que les colons sont très rapprochés les
uns des autres sur toute la rive et prêts à les re-

cevoir. Le lac est, en outre, défendu par des cutters français, qui le parcourent nuit et jour.

— Enfin, conclut M. Gondart en descendant
pour gagner le dîner, advienne que pourra ! Nous
sommes ici à l'abri, en nombre suffisant pour nous
.défendre et bien armés, à ce que je vois, puisque
nous avons même de l'artillerie, fit le négociant
en riant.

— Oui, Monsieur, les armes ne nous manquent
pas, non plus que les munitions qui garnissent
une casemate sous le Blockaus.

Le reste du jour fut employé à visiter les terres
entourant la métairie ; et le soir, après un excellent souper, toute la famille se réunit sous les
colonnes d'une gracieuse vérandah garnie de pas-
siflores odorantes. L'on causait gaiement du passé,
et surtout de l'avenir, lorsqu'un coup de canon
que répercutèrent les échos, vint arrêter la conversation sur les lèvres des nouveaux arrivants.

— Qu'est ceci ? demanda Michel Gondart.

— Le bonsoir de nos voisins. Je vais répondre
à leur signal.

Daniel gravit la tourelle. Un éclair, suivi d'une
détonation qui fit trembler les jeunes filles, jaillit
du sommet de la tour. Le régisseur vint aussitôt
prendre sa place, en disant :

— C'est une habitude des colons. Chaque soir,
à l'heure où le soleil va disparaître, nous nous

avertissons par ce coup de canon que tout va bien, et que nous veillons les uns sur les autres. De même, si la nuit l'une des concessions avait besoin de secours, un signal de trois coups nous verrait tous accourir. Voilà de la bonne fraternité, n'est-ce pas ?

Plusieurs détonations, plus ou moins éloignées, se firent encore entendre.

— Il y a donc un certain nombre de métairies dans les environs ? demanda France.

— Le signal de cinq fermes peut arriver jusqu'à nous ; les détonations que vous entendez maintenant, viennent du lac. Ce sont les cutters qui amènent et saluent le drapeau.

— Que veut dire amener le drapeau, mon oncle ? interrogea Lucile.

— C'est un terme de marine, mon enfant. Lorsque la nuit vient, on a la coutume sur les navires de guerre de descendre le pavillon déployé à la corne d'artimon. On salue alors l'emblème national d'un coup de canon : c'est ce qu'on appelle amener le drapeau. Cela se fait ordinairement, sitôt après la prière du soir.

Eh ! bien, chers enfants, il se fait tard, nous sommes tous fatigués ; si vous le voulez, nous dirons aussi notre prière et nous saluerons ensuite notre pavillon, en allant mettre la tête sur nos oreillers.

Tous, maître, régisseur, enfants et ouvriers, se mirent à genoux et là, sous le ciel bleu tout parsemé d'étoiles, une ardente et touchante prière monta vers Dieu, maître de toutes les destinées.

XI

UN GARDIEN PEU COMMODE

Il y avait déjà deux mois que Michel Gondart
était installé à sa concession, et jusqu'à ce jour,
rien n'était venu troubler la solitude de Sainte-
Geneviève, où l'ancien négociant vivait calme et
heureux, entouré de sa fille et de ses enfants
adoptifs qui, par leurs soins, leur amabilité, et
aussi leur gaieté, lui faisaient presque oublier
son éloignement de l'Acadie, et les graves événements qui venaient de s'y passer.

Au nombre des agréments et des jouissances
que Sainte-Geneviève procurait à ses habitants,
le voisinage très rapproché d'autres établisse-
ments, était l'un des plus importants. Dès les
premières semaines, des relations s'établirent
entre les voisins et les nouveaux arrivés. Une
étroite amitié se noua même rapidement entre la

famille Gondart et les propriétaires de la ferme la plus voisine.

M. et Mme Déprey étaient de vieux colons du sol canadien. Eux-mêmes avaient élevé de leur propres mains, leur établissement *du lac*. Leurs enfants —trois gracieuses jeunes filles—y étaient nées et y avaient grandi. Aussi, ils aimaient *le lac* comme leur patrie. Les demoiselles Déprey apprirent avec un vrai transport de joie l'arrivée, dans le voisinage, de jeunes filles de leur âge, et elles firent un charmant accueil à France et à Lucile, heureuses elles aussi, des relations qui allaient s'en suivre.

Il ne se passait pas de jour, sans que les demoiselles Déprey ne vinssent à Sainte-Geneviève, ou, sans que France n'allât chez ses amies. Le pays était si calme, les deux habitations si rapprochées, que bien souvent, les jeunes filles se rendaient seules les unes chez les autres.

On était déjà à la fin de septembre. Michel Gondart, fort occupé par la rentrée de ses moissons, avait quitté ses enfants après le dîner en les prévenant qu'il serait absent jusqu'à la nuit.

France proposa à sa cousine d'aller rendre visite à la ferme du Lac. Lucile accepta l'offre aussitôt, cela va sans dire, et toutes deux prirent à pied la route qui conduisait à la concession voisine, en suivant les bords du lac Érié.

Les deux jeunes filles avaient déjà parcouru une grande partie du chemin, et il ne leur restait plus à traverser qu'un épais bosquet, lorsqu'un sourd grondement sortit d'un taillis voisin.

— Qu'y a-t-il ? fit France en armant la carabine qu'elle portait dans toutes ses promenades.

— Te voilà effrayée pour bien peu de chose, Francette, reprit Lucile en riant. Ne reconnais-tu pas le grognement de la laie que nous avons déjà aperçue en cet endroit ?

— Ce cri n'est pas le même, je t'assure, il me paraît plus fort et plus prolongé.

— Parce que la bête est tout près de nous !

— Justement, la voilà blottie entre ces deux troncs d'arbres, dit l'enfant en ramassant une pierre qu'elle lança imprudemment dans cette direction.

Aussitôt, un cri horrible retentit et un ours grisly sortit du buisson où il faisait la sieste, en attendant la nuit, pour se mettre en campagne.

Les deux jeunes filles, glacées d'épouvante, prirent la fuite dans la direction de la ferme. Mais l'ours, dérangé dans son sommeil, ne l'entendait pas ainsi, et voulait donner une verte leçon à la petite importune qui l'avait provoqué. Il se mit à la poursuite des jeunes filles qui, en tournant la tête, aperçurent l'énorme bête les suivant de son pas lourd et cadencé, et gagnant rapidement du terrain.

Nous sommes perdues, s'écria Lucile en appelant son oncle, et elle se mit à pleurer en ralentissant forcément sa marche, paralysée par la peur.

— Pas encore ! reprit France en saisissant la main de sa cousine, et en l'entraînant vers le lac.

— Au rocher! Au rocher! lui disait-elle, tâchons de gagner le rocher que nous avons découvert; là, nous aurons un abri provisoire.

L'espoir leur rendit de nouvelles forces. Elles voyaient devant elles le massif de granit qui leur offrirait, croyaient-elles, un refuge; mais l'ours avançait toujours! encore quelques enjambées et il rejoindrait les jeunes filles. Lucile poussa un cri et s'affaissa. Elle était perdue. France n'hésita pas; elle aussi s'arrêta, elle épaula sa carabine et ajustant la tête de l'ours, elle fit feu. L'animal avait-il été touché ou simplement étonné de la résistance qui s'offrait à lui ? Toujours est-il, qu'il s'arrêta un instant.

La jeune fille en profita, pour aider sa cousine, à se relever et à gagner le rocher, où quelques jours avant, elles avaient découvert une grotte percée dans le massif granitique.

Une crevasse y donnait accès. France y jeta

Lucile plutôt qu'elle ne l'y fit entrer et, elle-même y pénétra avec peine, tellement l'ouverture était étroite. C'est ce qui les sauva.

A peine Mlle Gondart fut-elle dans la grotte, que l'ours montra son museau à l'entrée, et essaya d'élargir la crevasse à l'aide de ses grosses pattes velues.

Les deux jeunes filles s'étaient blotties au plus profond de la caverne, et toutes trem-blantes, elles regardaient avec effroi les efforts que faisait l'animal, pour s'introduire, lui aussi, dans la grotte. Heureusement, les parois solides tenaient bon, et l'ours se lassa bientôt de son travail inutile. Il poussa un grognement de colère et abandonná l'ouverture.

— Serions-nous délivrées ? demanda Lucile, en voyant disparaître l'horrible bête.

— Je n'y compte pas, reprit France. Papa m'a assez parlé des mœurs de ces animaux, pour savoir qu'ils n'abandonnent pas ainsi la partie. Sans doute que celui-ci fait le tour de notre asile, dans l'espoir de trouver une autre issue. Bientôt l'ours apparaissait de nouveau à l'ouverture, mais, cette fois, il n'essaya plus d'y pénétrer. Il s'assit tranquillement devant la grotte, tout disposé qu'il était à en garder l'entrée.

France et sa cousine se seraient volontiers passé d'un semblable mentor. Que pouvaient-elles faire, sinon attendre que leur gardien voulut bien leur livrer passage ?

France déchargea plusieurs fois sa carabine, mais son arme était trop faible pour abattre un pareil ennemi. A peine le blessa-t-elle légèrement, ce qui ne fit qu'irriter l'ours. Les jeunes filles appelaient de temps à l'autre à leur secours, sans espoir d'être entendues. Elles restèrent ainsi de longues heures dans leur asile, devenu une prison. Déjà le jour avançait et l'obscurité commençait à se faire au fond de la grotte, située au centre du bosquet et assez loin du chemin fréquenté entre les deux concessions. Avec la nuit, la frayeur des jeunes filles redoubla. Elles criaient de toutes leurs forces, espérant qu'en ne les voyant pas rentrer à Sainte Geneviève, Michel Gondart se mettrait à leur recherche et entendrait peut-être leurs voix.

Seul, le bruit que faisait leur impitoyable gardien, en se retournant sur les broussailles, troublait le silence de mort qui régnait autour d'elles. Lucile venait de pousser un dernier appel, et France de tirer sa dernière charge, lorsqu'un bruit sec, le bruit d'une arme à feu, se fit entendre à peu de distance de la grotte. Un sourd grondement y répondit; et l'ours, tournant un instant sur lui-même, s'affaissa lourdement sur le sol.

Il n'y avait pas à en douter, quelqu'un venait au secours des jeunes filles.

— A nous ! cria France. A nous ! Nous sommes ici.

Toutes deux, voyant leur gardien étendu sans vie, s'élancèrent de leur cachette. Quel ne fut pas leur nouvel effroi, en se trouvant en présence d'un inconnu, revêtu du costume indien, et armé jusqu'aux dents ! Lucile se précipita de nouveau au fond de la caverne. Mais France, plus courageuse, s'avança bravement, la carabine à la main, au devant de celui qu'elle prenait pour un Indien.

—Qui que vous soyez, lui dit-elle, vous respecterez la fille de Michel Gondart, le maître de Sainte-Geneviève.

A ces mots, l'étranger eut un mouvement d'étonnement, qui n'échappa point à la jeune fille. Il répondit aussitôt :

— Je suis doublement heureux de vous avoir débarrassée de ce gardien incommode, Mademoiselle ; et je me ferai un honneur de vous ramener saine et sauve à Monsieur votre père. Je suis pour lui une ancienne connaissance,

—Et pour moi aussi, reprit la jeune fille, après avoir regardé attentivement son interlocuteur, je n'ai fait que vous entrevoir un instant à bord de la *Merveilleuse*, mais ce fut assez pour ne pas oublier les traits de Jean Gonidec.

— Du *Chercheur-de-pistes* ! Mademoiselle, oui, je suis cet homme ; et je me rendais justement à la concession Sainte Geneviève, lorsque vos cris et les décharges de votre arme m'ont attiré en cet endroit.

En entendant France causer avec le nouveau venu, Lucile était ressortie de la grotte ; et toute craintive encore, elle tenait la main de sa cousine en regardant avec presque autant de frayeur et le chercheur-de-pistes, qu'elle avait pris pour un indien, et l'énorme bête, étendue à ses pieds.

—Permettez-moi, Mesdemoiselles, de dépouiller ce particulier ; ce serait vraiment dommage d'abandonner une aussi belle fourrure.

—En quelques instants, l'habile trappeur, qui n'était pas à son coup d'essai, eut enlevé la peau de l'ours ; et chargé de son butin, se mit en marche avec les deux jeunes filles.

A peine avaient-ils gagné le chemin, qu'ils virent s'avancer M. Gondart, accompagné des fils Dumetz et de Corentin Lamorno.

L'ancien négociant, fort étonné, à son retour des champs, de ne pas trouver sa fille et sa nièce à la concession, avait pris aussitôt la route de la métairie du Lac où il pensait bien rencontrer ses enfants en compagnie de leurs amis. Quel ne fut donc pas son étonnement, en les voyant sortir du bois en compagnie d'un étranger. Sa surprise

doubla encore, lorsque, grâce à la lune qui se
levait, il reconnut le *Chercheur-de-pistes* dans le
compagnon des jeunes filles.

—Vous ici, mon cher ami ! Que je suis donc
heureux de vous revoir. Vous ne me refuserez pas
cette fois de passer quelques jours avec nous.

—J'accepte bien volontiers, Monsieur, votre trop
aimable invitation, et je vous dirai même franchement que j'allais vous demander l'hospitalité pour
quelques semaines peut-être.

— Nous serons heureux de vous compter parmi
les hôtes de Sainte-Geneviève. Mais dites-moi
donc, mon brave : comment se fait-il que je vous
retrouve ce soir, escortant mes enfants ?

— Monsieur Jean Gonidec vient de nous sauver
la vie, cher père, répondit France.

— Ciel ! exclama Michel Gondart en remarquant
seulement alors, la pâleur et l'émotion des jeunes
filles. Quel danger avez-vous donc couru en mon
absence ?

France raconta à son père, leur promenade, la
rencontre de l'ours et le siège de la caverne, heureusement levé par l'intervention du *Chercheur-
de-pistes*.

Michel Gondart fut fort effrayé, en écoutant le
récit que lui faisait sa fille. Tout en marchant, il
la serrait sur sa poitrine, et couvrait son front
de caresses.

— Chère enfant, lui dit-il, quand elle eut terminé ; sans ton sang-froid et ta présence d'esprit, quel malheur n'aurions-nous pas à déplorer ! Je n'ose y songer. Nous devons encore une fois rendre grâces à Dieu et aussi à ce bon Jean Gonidec qui semble décidément veiller sur nous à toute heure.

— Cette fois, Monsieur, c'est uniquement par un concours de circonstances, que j'ai eu le bonheur de délivrer ces demoiselles de leur trop zélé gardien.

— Qu'importe, cher ami ; — permettez-moi de vous donner ce nom. — Sans vous, ces pauvres enfants seraient encore au fond de leur cachette, en présence de l'énorme bête dont vous portez la magnifique dépouille, à ce que je vois.

— Il est vrai, Monsieur, que l'ours faisait bonne garde ; mais encore, je préfère avoir trouvé ces demoiselles sous la surveillance de cet ours venu du nord, à l'approche de l'hiver, plutôt qu'en la présence d'un autre ennemi qui rode autour du lac avec des intentions évidemment hostiles.

— De quel ennemi voulez-vous donc parler ?

Le *Chercheur-de-pistes* approcha de M. Gondart et lui dit, bas à l'oreille, pour ne pas être entendu des jeunes filles qu'il ne voulait pas effrayer outre mesure :

— J'ai aperçu Georges Louisier en compagnie

de quelques Indiens Iroquois. Cela n'annonce rien de bon, et je suis venu aussitôt vous en avertir.

Michel Gondart resta interdit, en apprenant cette nouvelle ; et, comme on était arrivé à la concession, il n'en demanda pas davantage, comptant interroger le *chercheur-de-pistes*, lorsqu'il serait seul avec lui, après le repas.

France et Lucile avaient été trop effrayées pour prendre grande nourriture, ce soir là. Elles gagnèrent leur chambre de bonne heure, à la grande satisfaction de Michel Gondart qui avait hâte d'écouter les éclaircissements que le *Chercheur-de-pistes* devait lui donner.

XII

OU L'ON RETROUVE GEORGES BEAUVERT.

Aussitôt que les deux hommes se trouvèrent seuls dans la chambre commune, le Chercheur-de-pistes prit la parole, sur l'invitation de Michel Gondart.

— Pour vous faire connaître dans quelle circonstance j'ai retrouvé l'homme qui a juré votre perte et celle de Mademoiselle votre fille, je dois vous raconter en quelques mots, ce que je suis devenu, depuis le jour où je vous rendis visite à bord de la *Merveilleuse*.

Dès que j'eus regagné la rive du Saint-Laurent, je repris ma monture et commençai le jour même mon long voyage, en suivant autant que possible, les bords du fleuve, jusqu'à la rivière Richelieu. Je contournai ensuite le lac de Champlain ; et dans les premiers jours du mois d'août, j'arrivai au

village de l'Assomption, au pied des Alleghanys
et non loin du fort Duquesne. C'est là que j'appris
la défaite des Anglais et des Virginiens à la vallée
de l'Ohio.

— J'en ai eu connaissance en arrivant à Québec,
interrompit Michel Gondart. Il n'était bruit dans
toute la ville, que de notre grande victoire.

— Et moi, Monsieur, j'entendis raconter cette
nouvelle par Georges Louisier lui-même.

— Est-ce possible !

— C'est l'exacte vérité. Voici dans quelle circonstance.

En arrivant à l'Assomption, je vis partout des
gens armés, Canadiens pour la plupart; mais aussi
certain nombre d'Iroquois, de Miamis et même quelques Virginiens. Ces derniers, comme vous le
pensez, faisaient triste figure. J'interrogeai plusieurs individus et chacun me donnait une opinion
différente, sur le résultat des « Grandes Prairies ».
J'entrai alors dans une auberge, avec l'intention
de m'y réconforter, et surtout d'entendre causer
ceux qui s'y trouvaient. Je m'installai à l'angle
d'une table où une place était vide et jetai aussitôt un coup d'œil sur les nombreux clients du
Soleil d'Or.—C'est ainsi que s'appelait l'affreux
caboulot se décorant du nom d'hôtel.—Quel ne fut
pas mon étonnement, en apercevant assis à une
table voisine de la mienne, un homme que je re-

connus aussitôt pour Georges Louisier ! Je ne me
souciais guère d'être reconnu par mon ancien
quartier-maître ; mais, la curiosité l'emportant
sur la prudence, je restai pour écouter ce que
disait cet homme abhorré.

Il parlait haut, gesticulant avec force ; et était
si animé, qu'il ne me vit pas, ou du moins, je crus
passer inaperçu. Il causait, cela va sans dire, de
la bataille de l'avant-veille et au moment ou je le
reconnus, il disait à son voisin, un grand gaillard
qui parlait français en essayant vainement de
dissimuler son accent britannique :

— « Certainement, l'ami, j'étais à la vallée de
« l'Ohio, et je puis vous raconter toute l'affaire.
« J'ai vu tomber le général Braddock, à dix pas
« de moi.»

En entendant ces mots, toute l'assistance fit
silence, et trente paires d'yeux se braquèrent sur
le témoin oculaire de la bataille. L'orgueilleux
Louisier, heureux de se faire écouter, jeta un
regard sur toute la salle ; et jugeant, sans doute,
que les Canadiens ou leurs amis étaient en ma-
jorité, il prit aussitôt fait et cause pour ce
parti.

Je ne vous répéterai pas tout ce que dit et in-
venta cet homme, pour se faire remarquer et louer.
A l'entendre, le Canada lui devait le résultat de
de la victoire.

Je l'avais écouté patiemment jusqu'au bout, espérant apprendre comment je le trouvais là ; j'en fus pour ma curiosité, ou du moins, je dus attendre longtemps, avant de savoir ce que je tenais à connaître.

— Etes-vous au moins parvenu à vos fins ? interrogea M. Gondart.

— Vous allez le savoir, Monsieur.

La nuit était venue ; mais avec elle un violent orage. Les éclairs fendaient le ciel en tous sens, et les éclats de la foudre faisaient trembler l'humble auberge.

Presque tous les clients s'étaient retirés. Il ne restait plus dans la salle que votre serviteur, Georges Louisier, son compère et un autre individu de mauvaise mine.

—« Eh ! l'ami, fit ce dernier en s'adressant « au maître du *Soleil d'Or*, nous n'avons pas de « gîte, et vous ne nous mettrez pas dehors par un « temps pareil. Vous nous permettrez bien à mes « amis et à moi, d'attendre ici que l'orage soit « dissipé. »

— « Faites comme chez vous », reprit le brave homme, en s'asseyant près de son poële et se signant dévotement, chaque fois qu'un éclair brillait à travers l'huis ou les volets disjoints.

Je considérai l'invitation de l'hôtelier comme m'étant offerte également, et m'enveloppant dans une peau de bison, je m'allongeai sur un banc, et bientôt je fis semblant de dormir, la tête enfouie dans l'épaisse fourrure.

J'étais loin de sommeiller pourtant ; et mes oreilles ne perdirent pas une syllabe de la conversation des trois hommes parlant maintenant en anglais, au grand ébahissement de l'hôtelier, qui ne comprenait mot.

— « Dimone ! My Dear ! A t'entendre, on t'aurait
« pris pour le baron de Dieskau en personne, Sa-
« tané Louisier ! Quel homme tu fais !

— « Il faut savoir bêler avec les agneaux et
« aboyer avec les chiens, compère Dick.

— « Tu connais ton métier, mon vieux ! Mais
« maintenant que nous sommes seuls, ou à peu
« près, car cette brute est en train de cuver ses
« pichets,— reprit l'homme répondant au nom de
« Dick, en me montrant du doigt,—causons sans
« crainte de nos affaires.

— Nous ne pouvons choisir un meilleur moment
« pour nos petites confidences, je commence donc
« par vous raconter ce que je suis devenu, depuis
« que le Glascow me débarqua sur la côte Vir-
« gienne.

« — Cela nous est parfaitement égal. Nous
« savons, du reste, que tu te dirigeas aussitôt
« vers les Alleghanys, et que tu offris tes services
« en qualité d'espion à une compagnie de volon-

« taires ; mais ce que nous ignorons et que nous
« tenons à connaître, c'est comment tu te trou-
« vas à la bataille de la vallée de l'Ohio, lorsque
« nous te pensions aux bords de l'Erié.

« — Farceur ! tu as donc gobé la pilule aussi
« facilement que tous les nigauds qui m'écoutaient
« ici tout à l'heure ? Me crois-tu donc assez stupide
« pour risquer ainsi ma peau.

« — Dame ! mon cher, je pensais que comme
« espion de la compagnie Washington...

« — Je te prie de me donner à l'avenir mon
« véritable titre. Apprends que grâce aux recom-
« mandations écrites de lord Holdman, je suis bel
« et bien « *aide-de-camp secret.* »

« — Ne plaisante pas, mon vieux, nous te con-
« naissons assez pour t'estimer à ta juste valeur.

« — Je continue, reprit Louisier en riant.
« Donc, pendant que mon chef luttait avec sa
« compagnie, et échappait presque seul au combat
« acharné des « Grandes Prairies » je fumais tran-
« quillement le calumet de l'hospitalité avec le
« grand conseil des chefs Iroquois du district de
« l'Assomption, auprès desquel j'étais envoyé en
« ambassadeur.

« — Par le diable ? sais-tu que tu fais ton che-
« min, My Dear ? Te voilà déjà ambassadeur.
« Peste ! comme tu y vas !

« — Oui, mon cher, j'ai eu cet honneur ; et il

« paraît que je suis bon diplomate, puisque les
« Iroquois m'ont promis leur alliance. A ma voix,
« ils ont levé leurs haches de guerre et juré fidé-
« lité à l'Angleterre.

« — Bravo ! Bravo ! My Dear, et tes talents te
« valent ?

« — Quelques beaux écus sonnants d'abord,
« et, ensuite, l'espoir de voir bientôt s'accomplir
« ma petite vengeance.

« — Ah ! c'est vrai ! Tu travailles pour ton
« propre compte en même temps que pour celui
« des maîtres. Serait-on indiscret en te demandant
« si tu as appris quelque chose au sujet de ceux
« que tu recherches ?

— « Oui, mon cher. Ils se rendent à leur conces-
« sion, sur les bords du lac.

— « Diable ! C'est un peu vague. Le lac est grand
« et les concessions qui l'environnent sont nom-
« breuses.

« Oui ; mais j'ai le nom de la leur. Elle s'appelle
« Sainte-Geneviève.

— « Sainte-Geneviève ! Satan est avec toi !
« Je connais cet établissement, et je t'offre de t'y
« conduire en moins de cinq semaines.

— « Bien obligé, l'ami ! J'accepte tes services ;
« mais nous ne nous y rendrons pas aussi rapi-
« dement. Je tiens à ne pas perdre ma place, ni les
« faveurs de nos maîtres.

— «Belle avance ! s'ils se font racler à chaque
« combat.

— «Sois sans crainte, Dick. Une fois n'est pas
« coutume ; avant peu, le baron de Dieskau payera
« la victoire des «Grandes Prairies » .

— «Quelle assurance !

— «Tu oublies que je connais les secrets des
« dieux. Bientôt, tu te rappelleras ce que je te
« dis ce soir. Chacun aura son tour. Braddock
« aujourd'hui... Dieskau demain.

— «Avec toutes tes belles paroles, tú nous fais
« perdre du temps, et tu ne nous dis pas en quel
« lieu nous devons aller.

— «C'est vrai, Dick. Tu le sauras en deux mots :
« Harry et toi, vous partirez ensemble, dès de-
« main matin, et vous vous rendrez en traversant
« l'Ontario, aux chutes du Niagara. C'est là que
« nous nous retrouverons.

— « D'ici à cette époque, les événements vont
« marcher rapidement, et quand je vous rejoin-
« drai, toutes les peuplades du sud, comprises
« entre la Louisiane et la Virginie seront à nous,
« et prêtes à envahir le Canada du Nord en pas-
« sant les lacs. C'est alors que s'accomplira ma
« vengeance. »

— J'en savais assez, dit Jean Gonidec à Michel
Gondart qui l'avait écouté sans l'interrompre.
Comme l'orage se dissipait, je me relevai, feignant

de sortir d'un profond sommeil et, payant mon hôte, je quittai le *Soleil d'Or*.

— Depuis cette nuit, avez-vous revu Georges Louisier ? demanda Michel Gondart.

— Oui, Monsieur. Si cet homme se vante d'être fin limier, je crois pouvoir lutter victorieusement avec lui. S'il a pour lui la ruse et l'hypocrisie, j'ai, de mon côté, une parfaite connaissance du pays et de ses habitants. Il m'a donc été facile de suivre et de surveiller de près « *Monsieur l'aide-de-camp secret* ». Je l'ai revu au Niagara ; plus tard encore, dans deux ou trois villages de la côte. Enfin, il y a deux jours, j'ai eu la chance de le voir rôder en pirogue sur le lac, en compagnie d'une dizaine d'Iroquois et de ses deux compères Dick et Harry.

— Vous appelez cela avoir de la chance ! Vous n'êtes pas difficile ; j'aimerais mieux savoir cet homme à deux cents lieues d'ici.

— Il serait presque aussi à craindre de loin que de près, et je trouve qu'il vaut mieux avoir sous les yeux, un ennemi de cette trempe ; on peut au moins surveiller ses faits et gestes.

— Il va falloir nous tenir sur la défensive, mon ami ?

— Certainement, Monsieur, et si vous me le permettez, je m'installerai chez vous pour surveiller les alentours, tandis que M. Arthur de Boisléon gardera la côte

— Que dites-vous ? Notre sauveur serait-il dans les environs ?

— Oui, Monsieur, M. de Boisléon commande sur le lac, le cutter l'*Espérance*, et c'est de son bord que j'ai aperçu, ces jours derniers, l'ennemi commun.

— Ah! que je suis heureux de cette nouvelle. Je pourrai au moins témoigner bientôt, toute ma reconnaissance à ce vaillant jeune homme.

— Vaillant! oui, Monsieur, c'est bien cela. Je ne crois pas que la cause française en Amérique ait un plus généreux défenseur que le capitaine *Canada* !

— On appelle ainsi M. de Boisléon !

— Certes ! N'est-ce pas un sobriquet bien choisi, pour un marin qui ne voit, ne pense et ne vit que pour la cause qu'il défend si noblement ?

— M le capitaine de l'*Espérance* connaît-il mon arrivée à Sainte-Geneviève ?

— Oui Monsieur, et il serait déjà venu vous voir, si son service ne l'avait retenu au large jusqu'ici. J'étais à son bord depuis quelques jours, quand nous aperçûmes la pirogue que montait Georges Louisier. Le capitaine lui donna aussitôt la chasse, et lorsqu'il l'eut vue regagner la rive sud, il m'envoya à terre, avec mission de vous prévenir du danger qui vous menace, et vous annoncer en même temps sa prochaine visite. Je venais justement exécuter cet ordre, lorsque j'eus le bonheur de délivrer Mademoiselle votre fille et sa petite compagne.

— Que ne vous devrai-je pas! à vous, brave Gonidec, et à votre cher capitaine, répondit Michel Goudart en prenant la main du *Chercheur-de-pistes*, qu'il serra affectueusement. Quelles peines vous vous donnez pour nous, qui vous sommes étrangers.

— Vous ne l'êtes plus, Monsieur. Je vous suis aussi attaché qu'à mon brave capitaine. C'est donc avec un vrai plaisir que je vous rends ces petits services.

—Vous appelez ainsi les dangers que vous affrontez chaque jour ?

—Le péril ? Mais c'est la vie quotidienne du *Chercheur-de-pistes* comme du trappeur. Je suis fait à cette vie d'aventures. Croyez-moi, mon dévouement n'est pas si grand que vous le pensez, et il est même un peu intéressé, puisqu'il me permet de régler en même temps mon petit compte avec Georges Louisier.

— Vraiment, à vous entendre, on vous croirait mon obligé.

— Certainement, puisque vous me donnez l'hospitalité.

— Je vous l'offre de grand cœur, et avec reconnaissance.

— C'est bon, Monsieur, j'en profiterai.

Vous avez ici une véritable forteresse, reprit le
Chercheur-de-pistes, où vous êtes parfaitement
à l'abri du danger, pour le moment, du moins.
Vous devez seulement éviter de sortir isolément,
et surtout de laisser se promener ces demoiselles,
même aux alentours de la concession. Il n'est pas
probable que Louisier se risque à traverser de
suite le lac, qu'il sait bien gardé ; mais vous ne
sauriez prendre trop de précautions.

Du reste, si les graves nouvelles qui circulent
sont vraies, le danger ne tardera pas à prendre
de graves proportions. Il paraîtrait que nos troupes
ne sont pas heureuses ; nous aurions subi un
violent échec, et la guerre serait enfin déclarée
entre la France et l'Angleterre.

— Est-ce possible ?

— C'est à croire. Il fallait bien en arriver là.
M. de Boisléon nous donnera sans doute des renseignements plus précis.

— Sera-t-il longtemps à venir ?

— Deux ou trois jours au plus, suivant toute
prévision. Il a été appelé au fort Saint-Joseph, où,
parait-il, sont arrivés des ordres pour tous les
commandants des cutters gardant les lacs et le
fleuve.

— Cela confirmerait les mauvaises nouvelles qui circulent dans les concessions. Enfin, il n'arrivera que ce que Dieu permettra. En attendant, gardons pour nous nos appréhensions et nos craintes, pour ne pas effrayer mes chers enfants.

La soirée était fort avancée, lorsque Michel Gondart et Jean Gonidec se séparèrent. Le premier gagna sa chambre, voisine de celle des enfants, et le *Chercheur-de-pistes* alla s'installer dans la tourelle du Blockaus, où le logement qu'il avait choisi n'était pas des plus confortable, mais offrait à toute heure du jour ou de la nuit, un excellent poste d'observation.

C'est tout ce que désirait l'intrépide veilleur.

XIII

OU BETTY CORNEBILL REÇOIT UNE IMPORTANTE MISSION

Laissons pour quelques temps, la concession Ste Geneviève sous la garde de ceux qui y habitent, et transportons-nous sur la côte sud, de l'Erié.

Deux jours avant l'incident que nous venons de retracer, une pirogue, conduite par dix avirons indiens, fuyait rapidement vers la rive.

Au milieu de la légère embarcation étaient trois hommes blancs. L'un d'eux, sans doute le chef, paraissait vraiment contrarié. Il parlait haut et gesticulait avec force.

— Décidement, disait-il ; je joue de malheur ! Il faudra donc que ce satané officier se trouve toujours sur mon chemin. Voilà maintenant Ste-Geneviève sous la protection du cutter l'*Espérance*.

— Maître Beauvort.....

— Par l'enfer ! te souviendras-tu bientôt de mon nouveau nom. Tu ne sers plus Georges Beauvert comme autrefois à Anapolis. Je m'appelle aujourd'hui le Taureau-du-Nord ! Tiens-le toi pour dit, Harry Tilwon.

— Pardonnez à mon compère, il a la mémoire d'un lièvre, reprit le troisième européen en frappant sur l'épaule de son voisin Harry.

— Et toi Dick Muster, le beau parleur, es-tu plus favorisé par la nature ? N'as-tu pas pris l'autre jour Betty Cornebill pour une Squaw iroquoise.

— Je n'avais vu cette femme qu'un instant avant notre départ ; j'ai pu commettre cette méprise. Mais, si je n'ai pas reconnu l'espionne de notre maître, sous son travestissement indien, j'ai vu tout à l'heure sur le cutter qui nous donnait la chasse, un homme que je voudrais savoir par cent brases de fond.

— De qui veux-tu parler Dick ? interrogea Louisier.

— Maître, l'*Espérance* a à son bord, votre plus mortel ennemi ; un ancien matelot ayant servi, en même temps que nous, sous les ordres du capitaine Cartenier : Jean Gonidec !

— En es-tu certain, Dick ?

— Oui Maître. J'en donnerai mon âme au diable.

— Tu lui ferais là un triste cadeau, mon cher.

Je préférerais te voir lui livrer la peau de l'homme
que tu viens de nommer. Je n'ai plus de doute.
C'est Jean Gonidec qui m'a fait connaître à M.
Goudart. Malédiction sur lui !

Comme Georges Beauvert, ou suivant son désir :
le Taureau-du-Nord, lançait son anathème, la
pirogue entrait dans une petite anse abritée sous
un épais massif de bambous et de mangliers qui
la voilait à tout regard venant du large.

Les indiens et leurs compagnons abordèrent.

Dès qu'ils eurent mis pied à terre, ils attachè-
rent solidement leur pirogue au tronc de quelques
arbustes, et gravirent le flanc de la colline ravinée
par les pluies et les fontes de neige du dernier
hiver.

Ils suivirent l'un de ces ravins qui s'enfon-
çait comme un chemin creux sous les gigantesques
végétaux, couvrant d'une ombre épaisse le sable
jaune accumulé au fond du large sillon.

L'arme au poing, l'œil au guet et l'oreille atten-
tive dans la crainte d'une surprise, ils avançaient
prudemment foulant, sans y prendre garde, les
fleurs brillantes du bouton rouge ou du lin bleu.

Après une heure de marche, ils atteignirent une
vaste clairière, où s'élevait un village indien.

A leur arrivée, 'a population toute entière vint
s'enquérir du résultat de l'expédition qu'ils venaient de faire.

D'un geste, le Taureau-du-Nord, écarta les curieux et s'avançant jusqu'auprès d'un vieillard assis à l'ombre d'un immense sycomore,il lui dit :

— Le Renard-Bleu voudrait-il réunir les sages de la tribu ? J'ai une grave nouvelle à leur apprendre. Sans répondre, sans faire un seul signe d'acquiescement, le vieux sachem, prit une corne de buffle qui pendait à sa ceinture, et la portant à ses lèvres, il en tira un son triste et monotome, qu'il répeta trois fois. A peine eut-il terminé son appel qu'une quinzaine d'indiens, formant le conseil des Sachems, vinrent embrasser le vieux chef et s'accroupirent autour de lui.Celui-ci,prit alors le calumet qu'il offrit au Grand-Esprit en l'élevant vers le ciel ; il tira lui même quelques bouffées et·la pipe fit le tour du conseil.

Quand l'instrument fut revenu au Renard-bleu il l'éteignit et etendant les bras vers les quatre points cardinaux, il s'écria :

«Le conseil est ouvert,que les sages écoutent.» Louisier était resté debout, il fit signe qu'il allait parler et dit :.

— Il y a quelques jours, envoyé auprès de vous par ceux qui veulent débarrasser le sol indien des français envahisseurs, je vous ai offert, nobles sachems, de vous aider à reconquérir votre vaste territoire et de vous livrer bientôt les richesses amoncelées dans les conces-

sions qui couvrent le haut Canada. Avant d'organiser une véritable campagne et de mettre les
pieds dans le sentier de la guerre, selon votre
expression, il fallait aller en inspection ; se rendre compte des lieux, pour s'assurer la victoire.
Dans votre dernier conseil, sages sachems, il fut
convenu que l'on s'emparerait tout d'abord de la
concession Sainte-Geneviève comme étant la plus
fortifiée et la plus rapprochée du lac. Je vous ai
offert d'aller en éclaireur inspecter les forces de
nos ennemis....

— Et mon frère revient sans être plus instruit ?
interrompit le Renard-bleu.

— Pardon Sachem ! je sais que la concession
est, pour le moment, à l'abri de tout danger. Elle
est sous la garde d'un navire français, commandé par mon ennemi personnel.

— Le Taureau-du-Nord ne pourra donc ni
accomplir sa vengeance, ni remplir sa promesse
de partager avec ma tribu, les dépouilles des
vaincus ?

— Ce n'est que partie remise, Renard-bleu.
Quand on ne peut agir par force on emploie la ruse.
Le cutter *l'Espérance* me gêne : il disparaîtra.

— Ah ! et comment mon frère espère-t-il s'emparer du navire, qui crache le fer et le feu ? Comp-
te-il l'enlever aussi facilement que nos filles

prennent le nid du roitelet, ou même la ruche de la mouche au miel ?

— Mon frère indien veut me plaisanter ? à son aise ! Il ne rira pas toujours de la puissance du Taureau-du-Nord.

En prononçant ces derniers mots, Louisier se retourna et voyant une vieille femme assise sur le pas d'une hutte il, l'appela :

— Betty ! Betty !

A sa voix, l'affreuse petite vieille, que nous connaissons, pour l'avoir entrevue à Anapolis, le jour de l'enlèvement des Acadiens, accourut aussitôt, de son pas sautillant.

Cette fois, elle ne portait plus les hardes sordides qui la couvraient à peine. Elle avait remplacé son jupon au cent trous, par un puncho indien, et elle se drapait, en outre, d'une mantille en écorce ; présent qu'elle tenait d'une des beautés du campement.

— Betty, viens au conseil, reprit Louisier, en lui faisant signe d'approcher.

A sa vue plusieurs indiens se levèrent et le Renard-Bleu dit aussitôt :

— Mon frère oublie qu'une squaw n'assiste jamais au Conseil ?

— Betty n'est pas une indienne, mon frère. Elle est comme moi l'envoyée de Bigot auprès de vous.

C'est elle qui va faire disparaître le navire qui nous gêne.

— Elle ! une faible squaw !

— Oui, Betty Cornebill.

Les indiens intrigués avaient repris leur place, le Taureau-du-Nord continua en s'adressant à l'espionne.

— Ma brave Betty, nous avons manqué notre coup à Anapolis, grâce à un homme...

— Monsieur de Boisléon !

— Oui. Eh ! bien ! ce même homme est encore aujourd'hui entre Michel Gondart et nous.

— Il faut le supprimer.

— Il commande un terrible vaisseau.

— Eloignez-le alors.

— C'est à quoi je pense. Mais pour y arriver, il me faut encore une preuve de ton dévouement. Es-tu disposée à te rendre au fort St Joseph à l'extrimité du lac Erié ?

— Parlez et je me mets en route.

— Un instant, Betty. Tu sais comme moi, que les français ont à leur tête au Canada, un homme qui les trahit pour s'enrichir au profit de son pays. Bigot le gouverneur civil, non content de vendre pour son compte les armes, les munitions, les vivres même que la France lui envoie pour l'armée d'Amérique, s'est lui-même, en quelque sorte, vendu aux Anglais....

— Il n'est pas le seul, master !

— Tais-toi, rugit Louisier en lançant un regard de fauve à son interlocutrice. Changeant de ton il reprit : En quittant Anapolis, Lord Holdman m'a remis ces parchemins en blanc, portant le sceau et la signature de Bigot. Je vais rédiger un ordre de rappel pour le cutter *l'Espérance*.

C'est cette pièce que tu vas porter au fort St Joseph.

— Très bien, Master, à qui devrai-je remettre la missive.

— Au Commandant du fort qui la fera parvenir au Capitaine de Boisléon.

— N'éveillerai-je pas ses soupçons ?

— Cela est ton affaire. Ce ne sera pas la première fois, que tu accompliras pareil service ; je te sais assez habile pour te confier cette charge.

— Vous me faites trop d'honneur, Master. Quand faudra-t-il me mettre en route ?

— Dès que je t'aurai remis la pièce en question. En attendant va prendre un peu de repos, et dispose toi à partir.

Lorsque l'espionne se fut retirée, le Taureau-du-Nord reprit en s'adressant aux sachems qui l'entouraient :

— Mes frères indiens ont compris ma façon de procéder. Je n'ai pas besoin d'y revenir. Betty Cornebill sera avant huit jours au fort St-Joseph.

Le commandant du fort, fera passer l'ordre au capitaine de Boisleon qui quittera le lac aussitôt, pour se rendre au Niagara.

D'ici là, nous allons nous reposer, tout en préparant notre plan d'attaque, et lorsque le moment opportun sera venu, nous nous transporterons de l'autre côté du lac, et nous serons bientôt les maîtres de la concession.

Les indiens approuvèrent la ruse de leur allié, et ils levèrent le conseil, bien décidés à suivre les ordres de celui qu'ils appelaient le Taureau-du-Nord.

Le lendemain, dès l'aube, Betty Cornebill, porteuse du pli que lui avait remis Louisier, prenait le chemin du fort St-Joseph.

XIV

LE CAPITAINE ARTHUR DE BOISLÉON.

Un matin du mois d'octobre, M. Déprey et ses filles, vinrent demander à leur voisin de leur confier ses enfants, pour passer la journée à la concession du Lac. Michel Gondart fit tout d'abord quelques objections, mais finit par céder aux pressantes sollicitations, et la bande joyeuse partit sous la garde de M. Déprey, de Corentin Lamorne et de Jean Gonidec. Ce dernier croyait prudent de veiller avec soin sur Mlle Gondart.

Resté seul, Michel Gondart se mit à travailler à son bureau, il y était à peine depuis une heure que son régisseur entra en disant :

— Monsieur, il y a devant le pont-levis un officier de marine qui demande à vous voir. Dois-je le faire entrer ?

— Certes oui, mon ami, répondit M. Gondart,

en se levant et en suivant Daniel Dumetz. Sur l'ordre du maître, le pont-levis s'abaissa et livra passage au visiteur.

— Monsieur Arthur de Boisléon ? interrogea l'ancien négociant, en tendant les deux mains à l'officier.

— Lui-même, Monsieur. Très heureux de faire enfin votre connaissance.

— Pas autant que moi de vous recevoir, capitaine, et de pouvoir vous témoigner ma profonde gratitude, ajouta Michel Gondart, en entraînant le visiteur à la salle commune.

Arthur de Boisléon était un brillant officier. Grand, bel homme, il portait, avec distinction, l'uniforme de la marine royale : justaucorps de drap gris à revers blancs dessinant la taille ; chausses également blanches attachées aux genoux sur des bas de même couleur. Son chapeau à trois cornes, garni de galons et de passementerie, couvrait sa noble tête et laissait voir, sous les boucles de cheveux d'un noir de jais, une physionomie franche, pleine de charme, animée par un aimable et joyeux sourire.

Michel Gondart fit asseoir l'officier, et l'interpellant sans préambule, avec toute sa bonhomie ordinaire, il lui dit aussitôt :

— Savez-vous, monsieur, que je suis fort intrigué ; j'ai beau chercher, je ne trouve pas le mo-

tif qui a pu me procurer votre bienveillante protection.

— Oh! exclama le jeune homme, protection
qui n'en n'est pas une.

— Ne protestez pas, capitaine. Vous auriez
mauvaise grâce. Je sais, du reste, ce que je vous
dois, et je vous regarderai toujours comme mon
sauveur et celui de mon enfant. — J'ai fait ce
que je devais, et à ma place, vous auriez agi de
la même façon; de plus, mon intérêt me le commandait.

— Votre intérêt! Comment cela? Quel intérêt
aviez-vous donc à me faire connaître le traître qui
allait me tromper, et à m'envoyer ensuite ce brave
Gonidec qui veille sur nous avec un dévouement
au-dessus de tout éloge?

— Votre intendant ne vous a pas raconté la
conversation que j'ai eue avec lui à la taverne du
Grand-Trappeur, lors de notre rendez-vous ?

— Pardon! Il m'a rapporté, aussitôt mon retour
ce que vous lui aviez appris de Georges Beauvert.

— Il ne vous a rien dit de plus ?

— Non, monsieur.

— C'est bien ! votre brave Lamorne est discret,
permettez-moi de l'imiter pour le moment. Avant
peu, je serai à même de vous expliquer ce que ma
conduite peut avoir d'étrange à vos yeux. Aujour-

d'hui, je ne saurais vous en apprendre davantage.

— Je respecte votre secret, capitaine, et vous
promets d'attendre patiemment, pour le connaître, que vous vouliez bien me le divulguer.

Après une pause, Michel Gondart ajouta : Je
regrette vivement de ne pouvoir vous présenter
aujourd'hui mes enfants, ils sont allés passer la
journée chez nos voisins, M. et Mme Déproy.

— Je ne vous connaissais qu'une fille ?

— Sans doute, France est mon unique enfant ;
mais je regarde comme tels, mon neveu et ma
nièce, deux jeunes orphelins que j'ai adoptés, à
mon passage à Québec.

— J'espère être plus heureux une autre fois,
monsieur, car si vous me le permettez, je reviendrai vous voir souvent maintenant que nous som-
sommes proches voisins,

— Ah ! çà ! Quitteriez-vous la marine pour
vous faire planteur ?

— Pas précisément ; le moment serait, du
reste, mal choisi ; mais je viens de recevoir l'ordre de me tenir en croisière en vue de la côte, et
de mon navire, je puis apercevoir votre Blockaus.

— Je suis ravi de vous savoir si près de nous,
capitaine, et vous me ferez plaisir, en venant
nous voir chaque fois que votre service vous le
permettra.

—Vous êtes mille fois trop aimable, monsieur. Je saurai en profiter.

— Je l'espère bien ainsi.

Il me vient une idée, ajouta Michel Gondart: Etes-vous libre de votre temps, aujourd'hui ?

— Oui, monsieur, jusqu'à cinq heures.

— C'est juste ce qu'il nous faut. Allons donc surprendre nos bons voisins; nous arriverons encore à temps pour nous mettre à table.

— Y songez-vous, monsieur ! Je suis complètement inconnu de vos voisins.

— Vous ferez vite connaissance. On agit sans cérémonies, à 2,000 lieues de notre vieille France, et les relations n'en sont que plus cordiales.

— Puisqu'il en est ainsi, j'accepte.

Arthur de Boisléon et son hôte prirent aussitôt le chemin de la concession du Lac.

—Que dites-vous de la politique, interrogea Michel Gondart, en marchant ?

— Il se passe de graves événements, et je me proposais justement de vous en parler, lorsque vous m'avez offert cette promenade, cher monsieur. Vous avez appris sans doute la mort de ce pauvre baron de Dieskau ?

— Non, c'est la première nouvelle.

—Eh bien ! voici la triste réalité. Le 11 septembre dernier, notre malheureux général en chef a succombé, écrasé sous le nombre, en se rendant de Québec aux monts Alleghanys, à la tête de ses troupes nouvellement débarquées (1).

— C'est un affreux malheur pour notre pays.

— Certainement, cher monsieur. Les Virginiens et les révoltés ont tiré une horrible vengeance de leur défaite « des grandes prairies ». Il est probable que notre échec va avoir de fâcheuses conséquences.

En quel lieu ce pauvre baron de Dieskau a-t-il été surpris ?

— Sur les bords du lac Champlain. Nos troupes se sont admirablement conduites, mais leur bravoure n'a pu tenir, ni contre le nombre, ni surtout contre la ruse. Nos braves soldats, pas plus que leur vaillant chef, n'étaient habitués à cette guerre indienne. Ils se sont laissés entourer et prendre dans un vrai guet-apens.

— Voilà qui va donner bien de l'audace à nos ennemis.

— Encore, si nous n'avions que cet échec à déplorer ! Mais notre marine vient d'être aussi bien éprouvée.

— On se bat donc sur terre et sur mer ; la guerre est-elle enfin déclarée ?

— Non, mon cher monsieur. C'est une honte pour la France. Nous sommes toujours en paix avec nos voisins ; et pourtant, durant le dernier

(1) Historique.

mois, trois cents vaisseaux de notre marine mar-
chande, et près de 8,000 de nos marins ont été
surpris et enlevés par l'Angleterre. (1) D'après
les dernières nouvelles qui m'ont été données au
fort Saint-Joseph, Louis XV sortirait enfin de son
apathie, et sur les réclamations de la France entière, le roi aurait consenti à demander raison à
Georges II, sans oser, pourtant, déclarer ouvertement la guerre.

Une semblable mollesse devient une véritable
calamité. Il fallait armer 200,000 hommes et tirer
de suite une glorieuse vengeance de ces actes de
piraterie.

— Que voulez-vous, cher monsieur, nous devons y voir la main de Dieu, châtiant les fautes
du roi dans son peuple.

— Nomme-t-on, au moins, un successeur au
baron de Dieskau ?

— Des bruits vagues sont arrivés jusqu'ici.
On parle de plusieurs grands maréchaux de camp.
Mais il est probable que ce sera le marquis de
Montcalm, jeune colonel-brigadier qui a tout ce
qu'il faut pour prendre, avec succès, le commandement de notre armée canadienne. M. d'Argenson
tient, dit-on, à cette nomination très heureuse ;
espérons que le roi écoutera son ministre en qui il
a, du reste, pleine confiance.

(1) Historique.

Tout en causant, les deux promeneurs arrivèrent à la concession voisine, où ils firent reçus
avec cordialité et chaudement félicités de la bonne
idée qu'ils avaient eue, de venir surprendre les
habitants *du Lac*.

On se mit à table, et le diner, quoique très gai
et très animé, tourna pourtant en langueur au gré
des jeunes filles ; aussi, lorsque à la fin du repas,
Michel Gondart et M. Déprey mirent ensemble la
conversation sur le terrain politique, elles se
levèrent toutes, et s'échappèrent en riant, précé-
dées d'Alcide Calmire qui, plusieurs fois déjà,
avait été rendre visite aux hôtes de la basse-
cour et du chenil. Tandis que Lucile, son frère et
Marthe, la plus jeune des demoiselles Déprey,
couraient à travers l'enclos, France se promenait
aux bras de ses deux grandes amies, sous l'allée
de noyers qui s'étendait devant la maison.

— Comment trouves-tu M. de Boisléon, demanda Laure Déprey à sa sœur Adèle ?

— Mais, très bien. Et vous, France, qu'en
pensez-vous?

— Je n'ai fait aucune remarque à son sujet,
chères amies.

— Enfin, vous l'avez toujours bien entendu
parler ?

— Mais, oui. Je trouve qu'il parle d'une façon
très digne et très réservée.

— Il doit vous plaire, alors. Vous aimez tant les gens sérieux! A tel point que ma sœur et moi, nous nous demandons parfois ce que vous devez penser de nous, reprit la jeune fille ?

— Je vous regarde comme des amies très bonnes et très gentilles.

— Et moi je pense qu'il vous faudrait un mari comme M. Arthur de Boisléon, conclut la rieuse Adèle.

— Follette ! va.

— Tiens! Il est facile de m'appeler folle, mais il ne doit pas l'être autant de trouver un parti semblable dans tout le Far-West.

— Vous n'êtes qu'une étourdie, Adèle. Sachez, mademoiselle, que je ne songe nullement à me marier.

— Un autre y pense peut-être pour vous, ajouta la terrible enfant.

— Pardonnez à ma sœur, chère Franco, interrompit l'aînée des demoiselles Déprey, vous la savez incorrigible, il ne faut pas lui en vouloir...

— Il n'y a pas de quoi, répartit l'évaporée, je prédis simplement l'avenir. Ecoutez plutôt, et la jeune fille se mit à débiter tout d'une traite, malgré les efforts que faisait Franco pour lui fermer la bouche à l'aide de sa main rose.

— Un jeune homme, noble autant que brave, aimait une jeune fille belle, sage et bonne. Il

apprend que cette enfant va tomber aux mains
d'un traître... il la sauve... fait veiller sur elle...
la protège, et un beau jour, arrive chez le père de
la jeune fille, et lui dit: Monsieur Gondart, suis-je
digne d'obtenir la main de votre enfant ?

Adèle Déprey s'échappa alors en riant aux
éclats, et en laissant aux bras de sa sœur aînée,
France Gondart, plus émue qu'elle ne voulait
paraître.

En ce moment, le jeune officier, M. Déprey et
Michel Gondart apparaissaient sur le seuil de la
porte.

— Allons, enfants! cria ce dernier, il est temps
de regagner le gîte, si nous voulons y arriver
avant la nuit. Embrassez donc vos amies, et en
route.

— Ce soir-là, en se couchant, France Gondart
se demanda pourquoi M. Arthur de Boisléon l'avait
ainsi protégée contre Georges Beauvert, et
involontairement, elle se disait: Si Adèle Déprey
pensait vrai !

XV

UNE DEMANDE EN MARIAGE.

L'hiver avançait, et avec son cortège de neige et de glace, il apportait, aux habitants du haut Canada, un surcroit d'appréhensions et de dangers véritables.

Jusqu'à ce jour, en effet, les Iroquois, les Miamis, les Delawares et toutes les peuplades révoltées du Sud, n'avaient osé traverser les grands lacs, pour envahir les territoires du Nord, grâce aux nombreux cutters qui les parcouraient en tous sens. Mais, que les eaux vinssent à geler c'en était fait du pouvoir des croiseurs, et il leur deviendrait moralement imposible de protéger longtemps les concessions. Les habitants le savaient bien, et ils tremblaient dans leurs blockaus, en voyant tomber les premiers flocons de cette blanche neige, qui bientôt couvriraient tout le pays.

Il est vrai que l'hiver est moins rigoureux dans
le haut Canada que dans les provinces de Québec et
de Montréal, où le thermomètre descend jusqu'à 24
et 25 degrés, et où la neige atteint parfois la hauteur du premier étage. Aussi, les habitants des
bords de l'Erié et du lac Huron conservaient, malgré tout, un certain espoir, qu'augmentait encore
la présence des cutters dans leur voisinage. Ils
comptaient sur la clémence de l'hiver, dont la
température moyenne, est ordinairement la même
dans ces hautes régions, qu'à Berlin et à Copenha-
gue.

Les hôtes de Sainte-Geneviève conservaient plus
que tous les autres une certaine confiance, et lorsqu'un moment de crainte agitait ses enfants, Michel
Gondart leur montrait aussitôt le navire l'*Espérance* à l'ancre près du rivage, et il leur disait:

— Ne nous décourageons pas. Si Dieu permet
que nous soyons attaqués, Il nous a donné tout
d'abord une bonne forteresse, où nous saurons
nous défendre ; et n'aurons-nous pas là, près de
nous, de courageux marins prêts à nous secourir ?

Du reste, l'hiver ne s'annonçait pas trop rigoureux ; comparativement à ceux qu'ils avaient endurés en Acadie. Michel Gondart et ses enfants
trouvaient le climat assez doux. On était déjà aux
approches de Noël, et à peine avait-on eu quelques
neiges, et un froid de six à sept degrés au plus.

En revanche, il tombait chaque jour des torrents de pluie glacée qui retenaient forcément prisonniers, les habitants de Sainte-Geneviève, s'occupant chez eux de divers travaux d'intérieur. Somme toute, ils étaient heureux et passaient agréablement la mauvaise saison. Ils recevaient souvent les visites de leur intrépide voisin, le capitaine de Boisléon; et oubliaient alors complétement pluie, neige ou gelée.

Une seule chose manquait au bonheur des Gondart : c'était le voisinage d'une église, ou d'une simple mission, où ils pussent aller s'agenouiller au pied du Dieu des forts, et lui demander aide et protection.

Pour compenser en partie cette privation, France avait élevé dans une des salles de la concession un petit oratoire, où la famille se réunissait chaque jour pour réciter les prières en commun. Le dimanche, la jeune fille y faisait des lectures pieuses et y chantait des cantiques.

Un jour, M. Arthur de Boisléon arriva à la concession, pendant une de ces réunions pieuses. Gonidec, qui était de garde au blockaus, le vit venir et le fit entrer aussitôt. Le jeune officier s'avança jusqu'à l'oratoire, salua Michel Gondart et prit place à ses côtés. Le jeune officier écouta la lecture que faisait Mlle France, et, loin de se moquer de cette simple cérémonie, il entonna, lorsqu'elle eut terminé, un hymne au Créateur, et mêla sa noble et puissante voix à celle des assistants.

C'était le dimanche précédent la belle fête de Noël. Quand les prières furent terminées, Michel Gondart emmena M. de Boisléon et le conduisit à la salle commune où, dans la vaste cheminée, flambait une souche toute entière.

— Vous nous faites l'honneur de dîner avec nous aujourd'hui, capitaine ?

— Volontiers, cher monsieur ; je suis venu avec l'intention d'accepter l'offre que vous ne manquez jamais de me faire, d'une façon trop aimable pour vous refuser.

— A la bonne heure ! Permettez : je vais prévenir ma fille de mettre votre couvert. Je crois que la chère enfant est encore à la chapelle où elle a l'intention d'organiser une crèche pour Noël.

— Ne dérangez pas mademoiselle. D'autant plus, cher monsieur, que je désire avoir avec vous un entretien particulier.

— Parlez, capitaine, je vous écoute, fit Michel Gondart en se rasseyant. Y aurait-il complication dans les affaires du pays?

— Pas précisément. Il s'agit aujourd'hui d'affaires particulières.

Lorsque je suis venu vous voir, pour la première fois, il y aura tantôt deux mois, vous m'avez posé une question, à laquelle j'ai cru ne pas devoir répondre pour le moment. Vous avez été assez bon, pour ne pas insister et même vous avez évité d'interroger Corentin Lamorne, qui aurait pu vous donner quelques éclaircissements.

— Ne vous avais-je pas promis de respecter votre secret, capitaine? Et quoique j'eusse été heureux de connaître l'intérêt — c'est votre propre parole — que vous aviez eu à nous entourer de votre bienveillante protection, je me suis gardé de poser à mon brave Lamorne la moindre question à ce sujet.

— Merci sincèrement, monsieur. Je tenais à être un peu connu de vous, avant de vous révéler les secrets de ma conduite. Aujourd'hui, je crois pouvoir parler, et en ma qualité de marin, je le ferai avec grande franchise. Monsieur, j'aime mademoiselle votre fille.

Michel Gondart ne s'attendait pas à cet aveu. Il en éprouva la plus grande émotion qu'il eut ressentie, depuis le jour où Jean Gonidec lui avait fait connaître les antécédents de Georges Louisier. Cette fois, elle était produite par un vif sentiment de joie. Depuis qu'il connaissait le capitaine de Boisléon, il avait eu le temps d'apprécier ses nobles qualités pour ne pas être heureux, en même temps que fier, d'une telle révélation. Aussi ce fut avec son sympathique sourire aux lèvres qu'il répondit :

— Cher capitaine, votre dévouement à notre égard, fût-il inspiré par un sentiment d'amour, vous n'en n'auriez pas moins acquis de tels droits à obtenir la main de ma fille, que même si votre aveu ne comblait pas tous mes désirs, je serai disposé à vous l'accorder, lorsque vous m'en ferez la demande officielle.

— Vous m'enhardissez, cher monsieur; je vous avoue donc que je n'ai qu'une pensée et qu'un désir: faire le bonheur de votre vaillante enfant.

— Pour ma part, cher monsieur, je donne mon consentement avec grande joie. Votre conduite à notre égard, la noblesse de votre famille, ce que Gonidec m'a appris de vous, de votre amour filial et de la grandeur de vos sentiments, m'est un gage suffisant, pour que je ne recule pas à vous confier le bonheur de ma chère enfant. Tout dépendra d'elle, cependant. Je ne doute pas qu'elle ne soit heureuse et fière d'unir son sort au vôtre ; mais, vous savez, le cœur de la femme a de ces secrets qu'il sait garder inviolables. J'ignore complètement ce que France pense à votre égard. Je lui transmettrai votre demande ; espèrons, capitaine, qu'elle sera accueillie, à votre gré et au mien.

En ce moment, France et Lucile entrèrent, se tenant par la main. La conversation des deux hommes en resta là, pour le moment. Mais la jeune fille était si habituée à lire dans les yeux de son père, et en ce moment, son regard et toute sa physionomie dénotaient un tel contentement, qu'elle en fut frappée. Aussi, après avoir salué le jeune officier, elle dit à Michel Gondart :

— Monsieur de Boisléon vous a sans doute apporté de bonnes nouvelles, vous paraissez si joyeux, père. La cause de notre cher pays serait-elle gagnée ?

— Le Canada attend toujours les décisions que prendra la France.

— Et que fait la mère-patrie ? Viendra-t-elle bientôt au secours de ses enfants d'outre-mer ?

— Rien, jusqu'à ce jour, ne donne grand espoir.

— Oh ! que ne suis-je donc pour un temps, reine de France ! s'écria la jeune fille.

— Et si vous l'étiez, que feriez-vous, Mademoiselle ? interrogea Arthur de Boisléon.

— Ce que je ferais, Monsieur ! Je dirais au Canada : Réunissons nos forces, nos vertus, nos intelligences, nos faiblesses même ; et que nos ennemis nous trouvent toujours unis pour les combattre et faire respecter notre devise : France et Canada !

— Bien parlé ! mon enfant, fit Michel Gondart, en prenant la main de la jeune fille qui ajouta :

— Mais aussi bien inutilement ! Que valent, en effet, dans une question aussi grave, les vœux et les désirs d'une faible enfant ?

— Beaucoup plus que vous ne semblez le croire, Mademoiselle, reprit M. de Boisléon. Vous invoquerez le Seigneur pour la patrie, et Dieu exaucera vos prières d'ange.

A ce compliment, la jeune fille abaissa son regard, et ses joues se colorèrent d'un léger incarnat.

— Il y a encore un moyen d'aider à l'union de plus en plus intime de nos deux patries ; et ce moyen est également à ta portée, chère France, reprit Michel Gondart.

— Lequel, cher père ?

— L'union de leurs enfants.

— Je ne comprends pas bien ce que je pourrais faire pour cela.

— C'est pourtant bien simple, ma fille. Voyons, prenons un exemple :

Tu t'appelles France, n'est-ce pas, et tu es Acadienne.

— Oui, père.

— D'autre part, M. Arthur de Boisléon, ici présent, est Français de droit, mais Canadien de cœur, puisque son dévouement à notre cause lui a valu le glorieux surnom de Canada. Eh bien! contracte avec lui une alliance indissoluble, bénie par Dieu,

dans les liens d'une union chrétienne. Ne contri-
buerez-vous pas ainsi tous les deux, dans la mesure de vos forces, au rapprochement de plus en
plus intime de nos chers pays ?

En écoutant son père, la jeune fille resta inter-
dite ; elle rougit, et le capitaine devint un peu pâle.

Qu'allait répondre Mademoiselle Gondart ?

Après un court silence, France leva son modeste
regard sur son père, et dit d'une voix qui tremblait
légèrement ;

— Vous oubliez, mon père, que cette union n'est
pas possible.

— Et pourquoi, s'il te plaît ?

— Ai-je en moi les qualités morales auxquelles
doit prétendre Monsieur de Boisléon ? et où sont
mes titres de noblesse ?

— Mademoiselle, vous portez, à un très haut
degré, les vertus et la noblesse du cœur. Ces titres-
là sont préférables au plus riche blason, reprit le
jeune capitaine.

— Ma fille, si je me suis permis de te parler
ainsi, c'est que j'étais autorisé à le faire. Lorsque
tu es entrée, Monsieur de Boisléon venait de me
demander ta main: la lui refuseras-tu ?

France resta un instant silencieuse, le cœur
partagé entre mille impressions à la fois, puis
s'avançant au-devant du jeune homme, elle pro-

nonça d'une voix distincte qui semblait être l'écho
de son âme :

— Je consens à être vôtre pour toujours !

Michel Gondart prit alors la petite main que
tendait la jeune fille, et la plaçant dans celle du
capitaine, il leur dit :

— Je vous bénis, du plus profond de mon âme,
aimez-vous et soyez heureux.

— Il y a longtemps que je l'aime, reprit le
jeune homme en portant à ses lèvres la main de
France, et mon premier bonheur est de pouvoir le
lui dire.

— Adèle Déprey disait donc vrai, interrompit
la jeune fille, en levant son pur regard sur son
père et sur son fiancé.

— Qu'avait-elle deviné ?

— Que M. Arthur de Boisléon nous avait sauvés
parce qu'il m'aimait' et qu'un jour je deviendrais
sa femme.

— Voyez-vous, capitaine ! Voyez-vous, reprit
Michel Gondart, riant de son bon et communicatif
sourire, j'avais mille fois raison, en vous disant
que ces fillettes ont parfois des secrets inviolables, même pour leur père. Tu ne m'avais pas
fait cette confidence, Francette, ajouta l'heureux
père en menaçant sa fille du doigt.

— C'était une espièglerie d'enfant, je n'y avais
pas attaché d'importance, n'osant croire à un tel

bonheur, reprit la jeune fille, en baissant les yeux.

— Aujourd'hui c'est pourtant une réalité. A quand les fiançailles ? Le plus tôt possible.N'êtes-vous pas de mon avis, chers enfants ? Si vous le voulez, nous célébrerons cette fête le jour de Noël. Est-ce convenu ?

— Oui, père, répondirent les deux jeunes gens en même temps.

— Faites donc vos invitations. Et toi, fillette, n'oublie pas surtout d'engager ta petite devineresse à assister aux fiançailles de France et d Canada !

XVI

UN REPAIRE DE BANDITS.

L'homme propose et Dieu dispose ! dit le proverbe. Michel Gondart et sa fille allaient reconnaître, une fois de plus, la vérité de ce vieil adage.

Dès le lendemain de cette journée, où France avait eu connaissance du bonheur qui l'attendait, elle était allée avec son père apprendre la grande nouvelle à ses amies, et les inviter à ses fiançailles. Dans cinq jours, disait-elle aux demoiselles Déprey, s'accomplira la prophétie d'Adèle.

Hélas ! Quelle déception attendait la pauvre enfant, à son retour à la concession Sainte-Geneviève. En arrivant avec son père dans la salle commune, elle y trouva le capitaine de l'*Espérance*. Le jeune homme eut un sourire, en apercevant la jeune fille ; mais il paraissait triste, et une vive contrariété se lisait sur ses traits.

Michel Gondart le vit, et lui dit :

— Mon futur gendre aurait il de mauvaises nouvelles à nous donner ?

— Mauvaises, ce n'est pas le mot ; mais fâcheuses, très fâcheuses même pour notre bonheur. Je suis forcé de vous quitter, peut-être pour de longs mois. Et qui sait, même en ces temps troublés, quand il me sera permis de revenir vous rappeler votre promesse, mademoiselle France ?

En entendant ces mots, la jeune fille pâlit, de grosses larmes perlèrent sur ses joues et tombèrent sur la main que lui tendait le capitaine.

— Où allez-vous donc, Monsieur, lui demanda-t-elle vivement ?

—A Québec, peut-être plus loin encore, au devant du marquis de Montcalm.

— Ne pourriez-vous retarder votre voyage jusqu'après nos fiançailles, attendre même notre union, avant de vous éloigner ?

— Je le voudrais, mademoiselle France, mais le devoir pour un marin, et un gentilhomme, passe avant son intérêt et son amour même.

— Vous avez raison, cher monsieur, allez donc où vous appellent les destinées de notre pauvre pays. Partout où vous irez, rappelez-vous que je penserai à vous, à toute heure, et surtout que je prierai Dieu de vous ramener bientôt sain et sauf à votre fiancée.

Le capitaine passa le reste de la soirée avec M. et Mlle Gondart, et la nuit était complète, lorsque M. Arthur de Boisléon quitta ses hôtes.

La séparation fut pénible, le capitaine était plus ému qu'il ne voulait le paraître. N'était-ce pas un éternel adieu qu'il adressait à celle qu'il aimait d'un tendre et saint amour ?

Michel Gondart et France reconduisirent le capitaine jusqu'au pont-levis ; là, la jeune fille enleva de son corsage une mignonne fleurette de silène des neiges qu'elle avait cueillie, l'après-midi même, sur le chemin du Lac ; et elle la tendit au jeune homme. Arthur de Boisléon accepta avec joie, serra une dernière fois les mains qui lui étaient tendues, et regagna tristement la rive où l'attendait le canot de l'*Espérance*. Tout en marchant, il portait à ses lèvres le rameau fleuri et lui parlait, comme si la petite plante eût pu le comprendre.

— Chère fleurette, lui disait-il, tu es tout ce que j'emporte d'elle, mais pour moi, tu seras beaucoup. Tu prendras place sur ma poitrine, et lorsque je serais loin d'elle, aux camps ou au milieu des batailles, tu me feras oublier le triste présent, en me rappelant celle, dont les lèvres t'ont effleurée avant les miennes. Ta tige droite et ferme me rappellera sa noble fierté, son port de reine; ta petite corolle blanche, sa chaste modestie et la suave odeur que

tu conserveras, tout en te desséchant, sera comme le doux parfum des vertus qu'exhale sa belle
âme...

— Qui va là ? interrompit en ce moment une
voix de stentor, que le capitaine reconnut pour
celle de son pilote.

— Embarque! et vers l'*Espérance*, reprit
Arthnr de Boisléon, en sautant dans le canot, qui
s'éloigna sous les coups de vigoureux avirons. A
peine avait-il quitté la rive, qu'une ombre sortit
d'un taillis voisin et traversa la clairière, en gagnant les bois qui s'étendaient du côté du nord.

Et si le capitaine avait été plus près, il aurait
pu entendre prononcer ces menaçantes paroles :

— Ah! beau fiancé de malheur ! J'aurais pu
régler facilement ton compte dans la nuit et la solitude, mais ma vengeance eût été trop douce.
Quand tu reviendras, ta belle France Gondart sera ma femme ou, pour parler plus juste, l'esclave
de Georges Louisier, qui jure en ce moment ta
ruine, ton malheur et celui de tous ceux que tu
aimes.

Ah! tu crois pouvoir lutter à armes égales avec
moi? Tu te trompes : les miennes ne sont pas les
tiennes. Tu ne devines pas qui te fait rappeler sur
les rives du Saint-Laurent ? Eh bien ! c'est à moi,
toujours à moi que tu dois ce petit voyage d'a-
grément.

Toi présent, il m'était difficile de m'emparer de
Sainte-Geneviève ; voilà pourquoi tu vas promener ailleurs, tes grâces et ton navire l'*Espérance*.
Ce soir je suis le maître ici. A nous deux maintenant, papa Gondart !

L'homme se tut. Etant arrivé à la lisière de la forêt,
il s'y engagea hardiment, suivant un étroit sentier.
Après une heure de marche sous les hêtres pour-
pres, les érables mouchetés où les pins aux sombres ramettes reliés les uns aux autres par un ré-
seau de lianes géantes, s'enroulaient autour de leur
tronc, se suspendant aux branches et s'entrecroi-
sant en tous sens, Georges Louisier atteignit une
petite clairière où aboutissaient plusieurs sentiers
semblables à celui qu'il venait de parcourir. Là,
il s'arrêta et fit entendre le mélancolique cloud...
cloud... cloud .. du grand-duc de Virginie (Strix
Virginiana), si répandu dans les contrées bo-
réales.

A cet appel de l'oiseau de nuit, répondit de cinq
côtés en même temps, le cri plus triste encore que
la petite chevêche noctuelle jette avec effroi, à
l'approche de son mortel ennemi. Ce devait être
un signal. Aussitôt Louisier prit le premier sentier sur sa gauche, et continua sa marche à travers les ronces et les broussailles, émergeant du
blanc tapis de neige qui recouvrait le sol, même
sous les grands arbres de la forêt.

A peine avait-il fait quarante pas dans cette nouvelle direction, qu'un Indien, agile et nerveux comme un jaguar, s'élança du haut d'un arbre où il se tenait en faction, et bondit sur ses pieds devant Louisier.

Il fut aussitôt rejoint par plusieurs autres Iroquois, véritables démons à la peau nue et rougie par le suc du *Sambucus-Monstrosa* à l'aide duquel ils se teignaient tout le corps.

— Oh ! oh ! les enfants ! vous faites bonne garde autour du campement, paraît-il. C'est bien, je puis me fier à vous. Rien de nouveau cette nuit ?

— Rien, répondit le premier sauvage, en escortant Louisier.

— Harry et Dick veillent-ils encore ?

— Ils attendent le retour du *Taureau-du-Nord* avant de s'endormir.

— Ils sont vraiment trop aimables, ces bons amis, reprit Louisier se parlant à lui-même. Si mes deux compères n'ont pas trop absorbé d'eau-de-feu en m'attendant, je vais leur apprendre une nouvelle qui leur fera grand plaisir.

En ce moment, une vive lueur éclaira le taillis, et celui que l'Indien venait d'appeler du nom prétentieux de Taureau-du-Nord, déboucha, suivi de ses gardes-de-corps sur un espace libre, où autour d'un grand feu, étaient campés une cinquantaine d'Indiens, les uns étendus sur des peaux d'ours, d'autres exposant leurs corps à demi-nus à la bienfaisante chaleur du foyer. Parmi ces derniers étaient les deux amis de l'ancien quartier-maître. A son arrivée, ils se levèrent et vinrent au devant de lui.

— Eh bien ! quoi de nouveau, interrogèrent-ils ?

— Qu'il fait, cette nuit, un froid mortel. Je suis transi, répliqua Louisier en se secouant comme un chien sortant de l'eau, et en s'allongeant sur une fourrure, les pieds dans la cendre.

— Compères, reprit-il quand il se fut bien installé, dans cinq jours nous nous réchaufferons non plus sous bois, mais bien au foyer de Sainte-Geneviève, et nous boirons ensemble les liqueurs que nous servira la belle France Gondart.

— Diantre ! comme vous y allez !

— Oui ! oui ! les amis. Quelle fête ! quelle ripaille !

— Il pourrait bien y avoir d'autres personnages que nous à la noce. Tant que ce satané cutter l'*Espérance* sera en vue de la rive, je crains fort pour le succès de nos armes, reprit Harry Tilwon.

Comme Louisier riait sous cape, le troisième des coquins, répondant au nom de Dick Muster, ajouta :

— Vous même, *My Dear*, vous n'étiez pas si fier, il y a quelque temps, quand nous fuyions sur le lac devant les embardées de ce chien de français

— Aujourd'hui je m'en moque !

— Et pourquoi ?

— Pourquoi ! Vous n'êtes, compères, permettez-moi de vous le dire, que deux imbéciles. Lorsqu'un homme vous embarrasse, on le supprime, voilà tout.

— Que voulez-vous dire ! exclamèrent les deux compères. Vous n'auriez pas assassiné le capitaine? Dans ce cas, notre affaire serait mauvaise. Son équipage se vengerait certainement.

— Je n'aime pas répandre le sang, et j'ai en horreur toute action criminelle, reprit Louisier, eu essayant un diabolique sourire. Sachez donc qu'à cette heure, l'*Espérance* fait voile pour le *portage* du Niagara ; et de là, sur Québec, où son vaillant capitaine doit attendre le nouveau général de l'armée canadienne, le marquis de Montcalm.

— Voilà une heureuse circonstance. A qui est-elle due ? Le sait-on ?

— A moi, mille tonnerres! et à Betty l'espionne.

— Expliquez-nous donc cela.

— C'est bien simple. Le voisinage de ce navire me contrariait ; qu'ai-je fait ? il y a un mois, par les voies que vous me connaissez, j'ai agi au nom de l'intendant-général de la Nouvelle France, François Bigot, cet homme qui soutient en sous-main l'insurrection, parce qu'elle lui permet de s'enrichir au profit de sa patrie.

— Eh bien ! qu'en résulte-t-il ?

— Tout simplement le rappel du cutter sur le Saint-Laurent, et pour nous le champ libre !

— Et il est déjà parti ?

— Oui, ce soir, en ma présence.

— Alors, nous sommes les maîtres ?

— Il n'y a qu'un maître ici, rugit le *Taureau-du-Nord* en lançant un regard qui foudroya ses deux compères. Lorsque je commanderai, on agira.

— C'est comme cela que je l'entends, reprit timidement Harry Tilwon, vous nous payez pour vous servir, ce que nous faisons en âme et conscience.

— En conscience de coquin, c'est cela.

Ce gracieux compliment dérida le front des trois hommes et Louisier continua :

— Dans cinq jours, on célèbre la fête de Noël, je propose d'aller faire le réveillon à Sainte-Geneviève. Acceptez-vous ?

— Entendu. A quelle heure l'assaut ?

— A dix heures, mon pavillon noir flottera au sommet du blockaus. En attendant, bonsoir.

Ce disant, Louisier s'enroula dans son ample fourrure, et se rapprochant plus près encore du foyer il s'endormit. Ses compagnons l'imitèrent, et bientôt, les quelques indiens préposés à la garde veillaient seuls, sur le repaire de bandits.

XVII

LA NUIT DE NOEL

France Gondart allait passer bien tristement
cette belle fête de Noël qui s'était annoncée si
joyeuse pour elle.

Comme elle attendait autrefois, avec impatience,
cette nuit bénie entre toutes, où les joyeux caril-
lons des paroisses de Port-Royal appelaient les
chrétiens au pied des crèches, retraçant le grand
mystère de l'Enfant-Dieu, incarné dans le sein
très pur de la Vierge d'Israël !

Cette année, le son des cloches ne se fait plus
entendre. Les bruits vagues du désert troublent
seuls, le calme d'une nuit glaciale. C'est le vent
qui soupire à travers les palmettes découpées des
thuyas ou les aiguilles des sapins, pliant sous
leur manteau de givre ; c'est encore le triste

aboiement des chiens de prairies rôdant dans la plaine, ou le sourd grognement d'un ours en quête d'une proie.

Au lieu du gai réveillon qui devait suivre la cérémonie des fiançailles, la soirée s'achevait longue et monotone pour Michel Gondart et sa fille. Assis tous deux auprès du foyer, ils causaient tristement du cher absent rappelé si inopinément, juste au moment où le bonheur semblait sourire à tous. Quand le verrait-on ? De longs mois s'écouleraient sans doute avant le retour de M. de Boisléon. Peut-être même les hasards d'une guerre imminente le retiendraient-ils longtemps, loin de celle qu'il avait hâte de rendre heureuse, et que le devoir lui faisait abandonner au désert, entre les mains d'un père, qui l'adorait, il est vrai, et sous la protection de serviteurs dévoués.

Combien la solitude paraissait plus grande et l'hiver plus triste aux habitants de Sainte-Geneviève, depuis que le cutter n'était plus en vue du rivage ! Michel Gondart ne se faisait pas illusion; il comprenait le danger où le laissait l'abandon du lac par les navires qui le protégaient. Jean Gonidec exerçait depuis lors une vigilance active. A peine descendait-il de son blockaus aux heures des repas, et la nuit, on le voyait toujours à son poste.

Dix heures venaient de sonner à l'horloge de la salle commune, et Michel Gondart commençant à sentir venir le sommeil, donna le signal du couvre-feu.

— Allons, enfants, pliez vos tricots ; Alcide, serre tes crayons, et gagnons nos couchettes. Demain, nous fêterons Noël de notre mieux ; après la lecture des offices, nous nous rendrons à la concession du Lac, si le temps le permet.

— En traîneau, mon oncle ? interrogea Lucile Calmire.

— Oui, ma fille. Nous attellerons *Vaillant*, et ta cousine nous conduira chez nos bons amis.

— Quelle chance ! reprit le jeune garçon qui ajouta très bas, non sans que son oncle l'entendit : Ce sera plus gai là-bas, on ne vit plus ici, depuis cinq jours.

— C'est ainsi que tu comprends le chagrin de ta cousine et le mien enfant ? cela m'étonne de ton bon cœur.

— Oh ! mon oncle, s'écria Alcide, je suis aussi triste que vous du départ de cousin Arthur !... de M. de Boisleon, reprit l'espiègle. Je l'aime tant ce bel officier, mais je m'ennuie un peu, par ces jours de froid et de neige, et ces longues soirées passées au coin du feu ; et puis, quand je vois notre bonne France toute triste, oh bien ! ma foi ! moi aussi je me sens l'envie de pleurer, et comme je suis un homme, je ne veux pas que l'on voie mes larmes. Voilà pourquoi je suis si content d'un plaisir et d'une distraction qui feront du bien à toute la garnison.

Bonsoir, mon oncle ajouta l'enfant en sautant au cou de Michel Gondart qui l'embrassa sur le front.

En ce moment, des aboiements furieux résonnèrent dans la cour. Toute la meute des chiens de garde hurlait d'une façon inquiétante.

Ces terribles défenseurs, véritables molosses, aux membres musclés comme ceux de la lionne, étaient de race issue du grand Danois bleuté, importée au Canada par les premiers colons, et dont la robe est devenue jaune, sans doute sous l'influence du climat, mais dont la force s'est en même temps quadruplée.

— Oh! père, que se passe-t-il ? demandèrent les enfants, en se serrant instinctivement contre M. Gondart.

— Aux armes ! rugit le *Chercheur-de-Pistes*, en se précipitant au même moment dans la salle. Sainte-Geneviève est menacée par un parti d'Indiens : ne laissons pas envahir nos palissades, ou nous sommes perdus.

— Mes enfants, dit M. Gondart, restez ici en compagnie de M\(^{me}\) Dumetz et de sa fille Jeannette. Ne craignez rien, pour le moment; nos fortifications sont bonnes et nous saurons vous défendre.

Tout en parlant, le maître avait décroché son arme ; le régisseur, ses fils et les serviteurs, tous bien armés, le suivirent dans la cour, précédés de Jean Gonidec. Les chiens grondaient toujours avec fureur et s'élançaient contre les barricades de l'Est.

Michel Gondart s'approcha de ce côté et, bientôt, à travers les joints des troncs d'arbres formant la défense, il aperçut une soixantaine d'Indiens montés sur d'excellents chevaux. Ils étaient réunis sans doute en conseil, et semblaient discuter le moyen à prendre, pour s'emparer de Sainte-Geneviève. Les défenseurs de la concession étaient au nombre de dix, tous bien décidés à se défendre et à vendre chèrement leur vie.

Michel Gondart plaça ses hommes aux meurtrières, et attendit que l'ennemi se décidât. Bientôt les cavaliers s'ébranlèrent et semblèrent vouloir entourer le fortin. La nuit était bien choisie pour une attaque ; pas une étoile ne perçait le ciel sombre. En apercevant les formes indécises des guerriers qui s'avançaient dans l'obscurité, Michel Gondart appela le *Chercheur-de-pistes*.

— Gonidec, où êtes-vous ?

— Je ne l'ai pas vu, depuis que nous sommes sortis, prononça une voix dans l'ombre, et tout près de lui. M. Gondart ne s'y méprit pas.

— France, dit-il sévèrement, je t'ai recommandé de rester à la maison.

— Mon père, ma place est auprès de vous, nous nous défendrons ou nous mourrons ensemble.

La jeune fille n'avait pas achevé ces mots, qu'une immense lueur éclaira toute la plaine.

— Le feu ! le feu ! cria M. Gondart. Tous les yeux se tournèrent vers le point éclairé. Quelle ne fut pas la surprise de tous, en apercevant suspendue au sommet du blockaus, une cage de fer remplie de bois résineux et de pommes de pins qui flambaient, en éclairant les environs et en projetant au loin, la grande ombre de Jean Gonidec qui semblait un géant.

Une immense clameur retentit à cette apparition. Les pilleurs ne s'attendaient pas à cette illumination, mettant tous leurs mouvements à découvert. Ils s'arrêtèrent subitement comme pour attendre les ordres d'un chef resté à l'arrière garde, et qui semblait vouloir se dissimuler aux regards de tous.

En ce moment, une voix de tonnerre, que répercutèrent les échos voisins, prononça distinctement ces paroles du haut de la tour de bois:

— Eh ! Eh ! Louisier ! Viens donc montrer ici ta mine de bandit, et remercier Jean Gonidec de te fournir gratuitement l'éclairage.

Des barricades de Sainte-Geneviève, on crut entendre un horrible blasphème, suivi presqu'aussitôt d'une détonation, et une balle vint siffler aux oreilles du *Chercheur-de pistes*.

— Diable ! reprit celui-ci, l'ancien quartier-maître n'entend pas la plaisanterie ; il m'envoie une pilule : voyons donc s'il avalera celle-là ! Ce disant Jean Gonidec saisit sa mèche, un éclair jaillit, et un projectile alla éclater au milieu du groupe de cavaliers, abattant trois chevaux et tuant ou blessant plusieurs Indiens.

L'ennemi ne s'attendait pas à cette réponse ; il battit en retraite, et lorsque Georges Louisier se crut à l'abri, il réunit ses hommes en conseil.

Allaient-ils se retirer ou commencer l'attaque? Un instant, les défenseurs de Sainte-Geneviève crurent que les Indiens prenaient le premier parti ; mais bientôt, ils les virent mettre pied à terre et s'élancer en rampant comme de vrais reptiles, dans la direction de la concession.

— Laissez-les approcher, cria Gonidec, et ne tirez que lorsqu'ils seront sur les bords du fossé.

Le *Chercheur-de-pistes*, toujours perché sur son observatoire, signalait les mouvements de l'ennemi, et chacun des hommes, le fusil armé, l'œil à la meurtrière, attendait avec impatience le signal du combat.

Il ne se fit pas attendre longtemps. Au lieu de

vouloir entourer la concession, comme la première
fois, les Iroquois se portèrent du même côté. A la
lueur du fanal, brûlant toujours au blockaus, on
distinguait facilement leurs corps glissant sur la
neige. Lorsqu'ils arrivèrent sur le bord du fossé,
malheureusement gelé depuis plusieurs jours, ils
se redressèrent et prirent pied sur la glace.

— Feu ! commanda Michel Gondart. Une fusillade bien nourrie fit tomber quelques sauvages.
Les autres, ivres de fureur et de rage, alléchés
par les promesses de Louisier resté en arrière,
comme le commandait une lâche prudence, essayè-
rent l'escalade des palissades. Plusieurs décharges succesives en mirent un bon nombre hors de
combat. Les autres commençaient à reculer ; ils
voyaient l'inutilité de leurs efforts. Quoique toujours en nombre, ils luttaient contre un ennemi
invisible, à l'abri de leurs balles, et qui ne tirait
qu'à coups sûrs.

Les Indiens allaient abandonner définitivement
l'attaque, quand un cri de victoire retentit du
sommet du blockaus.

Gonidec, descendu pour prêter main forte aux
défenseurs, leva les yeux, et aux clartés mourantes
du fanal qui s'éteignait, aperçut en même temps
que tous les assiégés, un horrible démon à la
peau rougeâtre, agitant d'une main sa longue
carabine, et de l'autre, le pavillon noir de l'infâme Louisier.

A cette vue, Michel Gondart et ses amis restèrent un instant cloués sur place.

Soudain une faible détonat.on retentit : l'homme rouge chancela et tomba dans le vide, en
entraînant son drapeau un moment vainqueur,
tandis que Melle Gondart agitait sa carabine et
s'écriait : Vive France et Canada !

La courageuse jeune fille venait de sauver la
concession. Pendant que les combattants luttaient
sur le point menacé, deux Indiens, obéissant aux
ordres de Louisier, avaient escaladé les barricades, du côté opposé à l'attaque. L'un avait gra-
vi le blockaus, espérant y arborer le pavillon
vainqueur, mais il était tombé sous la balle de
France ; l'autre luttait vainement encore, sous les
crocs des chiens en fureur qui le déchiraient à
belles dents.

Le succès était assuré. En voyant tomber leur
signe de ralliement les Indiens prirent honteuse-
ment la fuite et arrivés au lieu où Louisier, le
traître et le lâche, les attendait, ils s'élancèrent
sur leurs montures et tous disparurent en peu
d'instants.

Le combat avait duré deux grandes heures.
Heureusement, personne, à la concession, n'avait
été atteint par les balles ennemies, grâce aux
puissantes palissades ; il n'en était pas de même
du côté des assaillants. Quinze morts gisaient sur

le bord extérieur du fossé. Parmi les corps des Indiens était le cadavre d'un blanc que Gonidec reconnut pour le nommé Dick, l'un des compères de Georges Louisier, qu'il avait entrevu une première fois, à la taverne de l'Assomption, pendant une nuit d'orage, et plus tard naviguant sur le lac, toujours en compagnie du traître.

Il n'y avait donc pas de doute à avoir sur le but de cette agression nocturne, et grâce à son ingénieux système d'éclairage, le *chercheur-de-pistes* ne s'était pas mépris, en croyant reconnaître l'ancien quartier-maître à la tête des Iroquois.

Quand tout fut rentré dans le calme, on songea à prendre un peu de repos. Gonidec, après avoir félicité Mlle Gondart sur la justesse de son tir, déclara qu'il veillerait toute la nuit avec Dumetz, mais qu'une nouvelle attaque n'était pas à redouter de sitôt, après la verte leçon que venaient d'essuyer Louisier et sa bande.

Michel Gondart céda donc à la demande de ces braves gens et se retira avec ses enfants.

— Chère, chère France ! disait-il en serrant sa fille sur son cœur, nous te devons le succès de ce combat. Mais, dis-moi, ta main n'a-t-elle pas tremblé, lorsque tu as visé un être humain?

— Notre salut le commandait, mon père, et n'était-ce pas un cas de légitime défense ?

— Oui certes ! mais combien d'autres se seraient enfuis, au lieu de montrer ton courage.

— N'ai-je pas été formée à votre école : C'est à votre vaillant cœur que j'ai puisé la force et l'énergie qui m'a fait agir en cette occasion.

Il va sans dire que le reste de la nuit fut sans sommeil pour les habitants de Sainte-Geneviève, ils avaient été trop impressionnés pour pouvoir dormir, après le combat de la soirée. Aussi, l'aube les trouva debout.

Les premières heures de cette matinée de Noël furent employées à enterrer les morts de la veille. Puis après le déjeuner, les habitants de Sainte-Geneviève se réunirent devant la crèche élevée par les soins des jeunes filles, et là, tous adressèrent de ferventes actions de grâces à Dieu qui les avait visiblement couverts de sa puissante protection.

Il fut ensuite décidé que l'on ne quitterait pas ce jour-là la concession. Les Indiens pouvaient rôder dans le voisinage, et si une nouvelle attaque était possible, il aurait été fort imprudent de diviser les faibles forces de la petite garnison. Chacun approuva ce plan, même Alcide Calmire, qui ne tenait nullement à se trouver sur le chemin des *Démons-Rouges*. C'est ainsi que le jeune garçon appelait les Iroquois.

La journée ne devait pourtant pas se passer sans distraction. Au moment où on allait se mettre à table, l'ainé des fils de Daniel Dumetz, de garde au blockaus, signala l'arrivée de la famille Déprey. Ces bons voisins avaient entendu la fusillade de la nuit, et ils venaient savoir ce qui s'était passé.

M. Déprey s'excusa de n'être pas venu au secours de ses amis; mais la solitude presque complète où il se trouvait, ne lui permettait pas d'abandonner sa femme et ses filles à la garde de deux ou trois serviteurs; seul, du reste, que serait-il venu faire à Sainte-Geneviève, si non, s'exposer à une mort certaine ?

— Nous avons beaucoup prié pour vous pendant cette longue nuit, disaient ces dames.

Nous n'avions à opposer à vos ennemis que l'arme de la prière, arme heureusement bien puissante.

— Et à laquelle nous devons une grande part de la victoire, répondit France Gondart, en embrassant ses chères amies.

Pendant le repas, la famille Déprey fut mise au courant de l'exploit de la jeune fille, qui, redevenue toute craintive, une fois loin du danger, tremblait maintenant à la pensée de son courage.

— Que ton fiancé sera fier de toi, Francette, lorsqu'il connaîtra ton glorieux fait d'armes ! disait la plus jeune de ses amies.

--Hélas ! quand pourra-t-il avoir de nos nouvelles?

— Plus tôt que tu no le penses peut-être, repre-
, nait l'espiègle, en couvrant son amie do carosses.
— Que Dieu t'entende! charmante devineresse.

XVIII

ARRIVÉE DU MARQUIS DE MONTCALM
AU CANADA.

L'hiver est loin ! La neige a disparu, et les glaces du Saint-Laurent s'en sont allées vers l'Océan, laissant libre l'accès de Québec. Au bois, les chênes ont reverdi ; partout, les champs sont en fleurs, et, avec les beaux jours, l'espoir est venu de nouveau réjouir le cœur du peuple Canadien.

L'avenir est pourtant bien sombre encore ; 100,000 ennemis menacent la frontière, prêts à envahir, au premier signal, le sol de la Nouvelle-France. Mais, les Canadiens ont confiance dans leurs propres forces, et surtout, en la protection de la Mère-Patrie. Détachant leurs regards du point menacé, ils portent les yeux vers l'Océan, pour y découvrir les voiles françaises qui leur amènent des défenseurs.

Cette fois, leur espoir ne sera pas déçu ; Louis XV, cédant aux instances de M. d'Argenson, son ministre, envoie enfin un successeur au malheureux baron de Dieskau, tombé au champ d'honneur.

En ce moment, les renforts que la France envoie à ses enfants d'outre-mer, s'avancent, sous la conduite de la frégate la *Licorne*.

Le marquis de Montcalm est à bord de ce navire ; et, fier de la périlleuse mission qui lui est confiée, va prendre le commandement des troupes canadiennes. Ces quelques centaines d'hommes qui font route avec lui vers le nouveau continent, vont grossir la petite armée canadienne qui, malgré ce secours, comptera à peine 5, 000 hommes, pour garder 20 forts ; et défendre contre les légions ennemies, trois cents lieues de frontières.

Mais, qu'importe le nombre ! ces braves seront commandés par un héros ! et ils marcheront, un contre cent, souvent à la victoire ; hélas ! aussi plus souvent encore, à la mort.

Enfin, les croiseurs de la baie du Saint-Laurent, signalent les navires si vivement attendus, et, le 13 mai 1756, le marquis de Montcalm, accompagné de ses aides-de-camp, de Bougainville et du chevalier de Lévis, débarque sur les quais de Québec, au

milieu des acclamations mille fois répétées: de Vive
Montcalm ! Vive la France et le Canada !

Issu d'une des plus anciennes familles de France, M. le marquis de Montcalm était né en 1712,
au château de ses pères, près de Nîmes. Elevé par
une mère aussi noble que chrétienne, il avait puisé à cette vaillante source une nature droite et
aimante, en même temps qu'ardente et généreuse.

Les de Montcalm, disait-on, ont pour lit mor-
tuaire le sol des champs de bataille ; le jeune
marquis, dès sa plus tendre enfance, promit de
suivre l'exemple de ses aïeux. A dix-sept-ans, il
vivait déjà de la vie des camps, y employant ses
courts loisirs à l'étude des sciences et des lettres.
Le jeune officier fit ses premières campagnes en
Bohême et en Italie ; où, à la tête du régiment d'Au-
vergne qu'il commandait, il fut blessé grièvement
cinq fois de suite, et conquit à la pointe de sa vaillante épée, le grade de colonel brigadier, qu'il oc-
cupait, lorsque, à peine âgé de 44 ans, M. d'Argenson, reconnaissant en ce brillant militaire, les vertus
et les qualités qui font les grands hommes, le proposa au roi, comme l'officier le plus apte à recevoir la lourde succession du baron de Dieskau. Le
ministre tint à annoncer lui-même au marquis de
Montcalm sa nomination au grade de maréchal-de-
camp, en même temps qu'il lui remit l'ordre d'aller
prendre aussitôt le commandement de notre armée
d'Amérique.

M. de Montcalm n'ignorait pas la lourde respon
sabilité qu'il encourait. Mais son roi avait parlé,
il obéit. Disant aussitôt adieu à la France, à sa
chère femme qu'il adorait, à ses filles, il s'embarqua avec joie pour cette terre lointaine qui était
toujours la France, et qu'il allait défendre, jusqu'à
ce que, mortellement blessé sous les murs de Québec, il expira seul, abandonné de tous, avec un
immense regret au cœur : celui de voir succomber
avec lui le Canada et l'honneur des armes françaises en Amérique.

Les habitants de Québec, heureux en même
temps que fiers de posséder parmi eux l'envoyé
de la France, oublièrent, un instant, les sombres
préoccupations qu'apportait la déclaration officielle de la guerre, et voulurent offrir une série
de fêtes à celui que, dans leur enthousiasme, ils
appelaient déjà leur sauveur. Mais le marquis de
Montcalm, comprenant toute la gravité du moment,
déclina ces invitations, et annonça qu'il allait se
mettre aussitôt en campagne.

Pendant sa longue traversée, le vaillant officier
avait mûri un plan hardi qu'il voulait mettre le
plus tôt possible à exécution.

Les Anglais, devançant la déclaration de guerre,
avaient élevé sur la terre canadienne, au sud des
rives du lac Ontario, le fort Oswego, point stra-
tégique d'une grande importance. En effet, en y

concentrant une partie de leurs forces, il leur devenait facile de couper toute communication entre le haut et le bas Canada, et diminuer ainsi les forces de leurs ennemis.

Montcalm avait compris tout de suite l'immense danger menaçant la colonie, et il résolut de s'emparer immédiatement d'Oswego, et de le détruire.

Ce plan était hardi ; on oserait dire insensé !

Le fort qu'il s'agissait d'enlever avait une garnison de près de 2,000 hommes ; une puissante artillerie défendait ses remparts, tant du côté du lac que du côté des terres. où à quelques lieues à peine, le comte de Loudon, général anglais, tenait garnison à Albany, à la tête de 20,000 hommes, prêts à soutenir Oswego, au signal de la moindre attaque.

Que fait Montcalm ? Il comprend qu'avec les 3,000 hommes dont il dispose, et les sauvages restés fidèles à la France, il ne pouvait qu'essuyer une défaite en exposant ses faibles ressources aux forces anglaises. Usant donc d'une tactique bien avouable, il trompe, par une attaque simulée, la sagacité du chef anglais, en l'attirant du côté du lac de Champlain. Une fois les troupes d'Albany sur cette fausse piste, Montcalm s'élance, à marche forcée, sur le fort Frontenac, au nord du lac, et où une partie de ces hommes avait, pendant ce temps, préparé une flotille en état de le trans-

porter aussitôt de l'autre côté de l'Ontario, sous
les murs d'Oswego. Le siège commença, le soir
même.

On ne peut se faire une juste idée du combat
de géants qui se livra, durant la nuit.

Les Anglais, surpris à l'improviste, n'espérant
plus recevoir de secours du comte de Loudon
malheureusement fourvoyé, se défendent énergi-
quement, comprenant toute l'importance de la
position qu'ils occupent. Mais, que peut le nombre
et la force contre la *furia francesa*! Le fort est
attaqué à la fois du côté des terres par les troupes
débarquées, et les sauvages qui s'élancent à l'assaut comme d'effroyables démons, mêlant leurs
hurlements aux décharges d'artillerie et au bruit
des cataractes lointaines ; tandis, que du côté du
lac, les marins, la hache au poing, franchissent
les remparts. Le commandant du fort, impuissant
à soutenir une pareille attaque, tombe mortellement blessé, au moment où il va abattre l'éten-
dart fleurdelisé qu'un officier français arbore au
rempart. Le triomphe est, dès lors, assuré. Bientôt la garnison capitule, abandonnant aux mains
des vainqueurs, des vivres et des munitions en
grande abondance.

En quelques jours, le fort fut entièrement dé-
truit. Montcalm conduisit aussitôt ses prisonniers
et le butin au fort de Frontenac, et se disposa à

marcher de nouveau, au-devant des troupes anglaises qui s'avançaient dans la vallée de l'Ohio,
et jusqu'au lac du Saint-Sacrement. Les troupes
allaient quitter Frontenac, lorsque des Indiens,
venus du haut pays, apportèrent la nouvelle que
les Iroquois et les Delawarres, soutenus par les
Anglais, passaient les lacs supérieurs et tentaient
d'envahir les terres des Hurons.

Il fallait, de toute nécessité, protéger les colons
et nos braves Indiens du Nord. D'un autre côté, on
ne pouvait laisser s'avancer les troupes anglaises
vers le Saint-Laurent.

Montcalm réunit donc son conseil de guerre, et
il fut décidé qu'un petit corps expéditionnaire se
détacherait de l'armée déjà bien faible, et gagne-
rait, au plus tôt, les lacs Erié, Michigan et Supérieur.

A qui confierait-on le commandement de cette
poignée d'hommes allant, sans doute, au-devant
d'une mort certaine ? Il fallait un héros !

Montcalm n'avait autour de lui que l'embarras
du choix. Quarante officiers formaient son état-
major : Quarante mains se levèrent et demandèrent l'honneur d'aller mourir pour la France !

— Messieurs, dit Montcalm, la campagne sera
toute navale, il faut donc un marin pour commander le détachement ; puis-je faire un meilleur
choix en prenant, parmi vous, le vaillant jeune

officier qui, l'autre jour, au fort Oswego, planta, le premier, les lis de France près du cadavre du commandant, mort sous son épée ?

— Vive le capitaine de Boisléon ! Vive Canada ! prononça le chœur d'officiers. Et chacun d'eux, e levant, vint vers le jeune homme, dont la main, si forte au combat, tremblait en ce moment, dans celles de ses frères d'armes.

Les jours suivants, Montcalm marchait vers le sud.

Nous ne suivrons pas l'immortel défenseur du Canada dans la première partie toute offensive de sa glorieuse campagne. Nous laisserons le vainqueur du fort Carillon, de William-Henry, et de tant d'autres lieux illustrés par ses victoires, pour le retrouver plus tard, au jour de l'adversité et du malheur, où l'abandonna cruellement la France qu'il aimait de toute la puissance de sa grande âme.

En attendant, nous quitterons le fort Frontenac ; et en compagnie de cet autre brave, ayant nom Arthur de Boisléon, nous remonterons, en sa noble compagnie, vers l'Ouest : c'est-à-dire vers l'Erié ! vers Sainte-Geneviève !

XIX

UNE VENGEANCE INDIENNE

Dès qu'il eut reçu l'ordre d'aller protéger les concessions des lacs supérieurs, le capitaine Arthur de Boisléon organisa aussitôt une légère flotille, composée d'une dizaine de barques pontées, portant chacune dix à quinze hommes.

Au siècle dernier, les superbes canaux qui permettent aujourd'hui aux navires de fort tonnage de remonter jusqu'au-delà des grands lacs, en doublant les rapides et les chutes, n'existaient pas encore.

Lorsqu'un obstacle entravant le cours du fleuve se présentait, il fallait forcément amener l'embarcation à terre et contourner le rapide ou la cataracte, en transportant à bras et à grands efforts, l'embarcation et tout ce qu'elle renfermait. C'est

pourquoi, l'officier chargé du corps expéditionnaire, avait dû se contenter de barques pontées
déjà très lourdes, vu les faibles ressources dont
il disposait pour établir ce que l'on appelait alors
un *portage*.

En quittant le fort de Frontenac, la flotille mit
à la voile vers l'Ouest, et traversant le lac Ontario
dans sa plus grande étendue, arriva vers la fin de
juillet aux chutes redoutables du Niagara, qu'il
s'agissait d'éviter.

Les équipages abordèrent donc la côte nord, et
quoique celle du sud offrit un portage plus aisé,
Arthur de Boisléon préféra prendre le chemin le
plus long et le plus accidenté, plutôt que de s'exposer sur les terres envahies des Iroquois.

Ce fut une pénible marche que celle effectuée
au milieu de cette nature presque vierge encore,
en transportant, durant un long parcours, embarcations, bagage et artillerie de campagne.

Le portage durait depuis le matin, et le soleil
qui se révélait par intervalles dans les éclaircies
des érables et des tamarins, annonçait son prochain déclin. Les premières heures du soir ame-
naient une douce fraîcheur sous la voûte verte,
où les teintes sombres de la nuit se mêlaient déjà
au léger brouillard qui montait du grand fleuve.

— Halte ! commanda de Boisléon.

La petite troupe était arrivée dans une clairière,

tout auprès du fleuve dont les eaux; furieusement agitées par le saut immense qu'elles venaient d'effectuer aux chutes voisines, dominaient la rive en entraînant dans leur course rapide, les arbres qu'elles arrachaient aux bords tourmentés.

Les hommes, exténués par cette longue et péni‑ ble journée de marche, firent en hâte un modeste repas, et s'allongèrent sur le tapis d'iris bleus qui couvraient le sol aux pieds des ébéniers.

Bientôt, un profond silence régna au bivouac. Seuls, les pas des hommes de garde arpentant les limites du campement, troublaient le calme de la nuit.

Le capitaine de Boisléon veillait encore.

Assis sur la quille d'une des barques retournées, les coudes posés sur les genoux, et la tête dans les mains, il songeait.

Sans doute, son imagination et son cœur le pré‑ cédaient déjà vers l'Erié, vers Sainte-Geneviève, où avant peu, il lui serait permis de revoir celle qu'il aimait et qui devait l'attendre avec une bien gran‑ de impatience. Ouvrant les revers de son pourpoint, le jeune officier y prit une fleur fanée, sur laquelle il déposait un long baiser, lorsqu'il fut tiré de sa rêverie par une voix de stentor, lançant à quelques pas, un terrible : Qui va là !

Une sorte de plainte nasillarde, véritable miau‑ lement de chat sauvage, répondit à l'injonction du matelot de garde.

Arthur de Boisléon se leva précipitamment, et, remettant à sa place le cher souvenir qu'il tenait encore sur ses lèvres, il se dirigea vers la sentinelle. Au même moment, une ombre sortit d'un bosquet de lotus, et se montra dans un rayon de lumière que projetait le foyer voisin.

— Qui va là ! reprit le marin, en armant son mousquet.

— Une fidèle amie des Français, répondit une vieille femme à peine couverte de vêtements sordides, en s'avançant vers le soldat.

— Arrière ! rugit celui-ci. Ce n'est pas l'heure de rôder autour du campement.

— Laisse approcher cette vieille, mon brave Frappedur, prononça le capitaine.

A la voix du chef, le matelot remit l'arme au pied, et laissa passer la visiteuse attardée, tout en lançant à celle-ci un regard, et en esquissant une grimace qui tenait du dogue flairant un rôdeur de nuit.

— Que venez-vous faire ici à cette heure, ma vieille ? interrogea l'officier, en reprenant son siège improvisé.

— Je désire parler au chef ; au capitaine de Boisléon.

— Diable ! J'ignorais avoir ici d'aussi noble connaissance, reprit l'officier en riant. Je suis la personne que vous cherchez. Qui êtes vous, et que me voulez-vous ?

— Que votre noblesse veuille bien m'écouter un instant.

Peu vous importe mon nom, Messire, qu'il vous suffise de savoir que, malgré mon grand âge, je suis une fière Acadienne, franchement dévouée à la cause de mon pays, et à ceux qui le défendent. Je passe ma triste vie à épier nos ennemis et à avertir mes frères en temps opportun, du danger qui les menace. Chassée de mon pays, traquée comme une bête fauve, je me suis faite l'espionne des Français.

— Et vous venez m'offrir vos services ?

— Non, Messire, je sais que votre haute noblesse n'emploie pas de moyens détournés, pour se rendre maître de ses ennemis.

— Alors, qui vous amène?

— Messire, je suis envoyée vers vous, par de pauvres Canadiens, menacés, cette nuit, d'une mort certaine. Il y a près d'ici, à une heure au plus, une belle concession qui lutte vainement contre un fort parti d'Indiens révoltés et d'Anglais réunis. J'étais moi-même enfermée dans cette habitation, mais je suis parvenue à sortir vivante du domaine assiégé, et, au nom de ces frères Ca_ nadiens et Français, je suis venue implorer votre puissante protection.

En écoutant parler cette femme, Arthur de Boisléon la dévisageait et ne perdait pas une ex pression de son visage. Il pressentait un piége, et malgré cela, l'espionne soutenait si vaillamment son attentif examen, elle paraissait si naturelle, qu'un doute se faisait dans son esprit. Après un moment de silence l'officier reprit :

Je veux vous croire, ma bonne; mais, dites moi, comment vous aviez appris mon nom, et surtout, comment vous connaissiez mon passage en cet endroit et à cette heure ?

A cette question inattendue, la vieille femme sembla se troubler un instant, mais elle reprit aussitôt avec assurance:

— Depuis quelques jours déjà, le bruit s'est répandu dans les concessions voisines du fleuve, que le grand chef Montcalm, envoyait du secours dans le haut pays, et chacun connaît déjà le nom de leur protecteur. Si je vous ai rencontré ce soir en ce lieu, conclut l'espionne, je dois en rendre grâces à Dieu ; car je n'espérais pas avoir cet honneur, j'errais à l'aventure le long du fleuve, attendant votre passage, lorsque la clarté de vos brasiers m'a révélé la présence d'un campement. Je m'avançai avec précaution, ne sachant si j'avais affaire à des amis ou à des ennemis, lorsque votre sentinelle m'aperçut au milieu du bosquet où je m'étais blottie.

Maintenant, messire, que vous n'avez plus de doute sur la vérité de mes paroles, venez au secours de ces malheureux compatriotes, dont les chevelures orneront, peut-être avant le jour, la ceinture de leurs bourreaux. Je m'offre à vous conduire, en moins d'une heure, vous et vos hommes, à la concession assiégée.

Arthur de Boisléon n'osait pas encore accorder grande confiance au récit qui lui était fait.

Il prit aussitôt le parti le plus sage.

S'entourant de ses officiers subalternes, il fit répéter à la vieille femme, devant le conseil, ce qu'elle venait de lui révéler. Tous furent d'avis d'aller au secours de la concession, dont l'espionne donna exactement l'emplacement et la route à suivre.

Il fut convenu que de Boisléon, deux officiers, et une cinquantaine de ses hommes, se mettraient immédiatement en route ; que le reste du petit corps expéditionnaire garderait le convoi et le campement avec le groupe d'Indiens Hurons, qui marchaient de concert avec les Français.

— Nous pouvons être exposés à une infâme trahison de la part de cette femme, comme aussi elle peut dire toute la vérité, prenons donc toutes nos précautions, avait dit de Boisléon.

Il ordonna donc que l'espionne restât sous bonne garde au campement; il fut ensuite convenu que, si l'on entendait les bruits d'une attaque, le reste de l'effectif se mettrait aussitôt en marche, laissant le convoi à la garde des Indiens.

La vieille femme éprouva une vive contrariété, quand elle se vit garder au campement.

Arthur de Boisléon s'en aperçut, et recommanda doublement de veiller sur elle, en quittant le bivouac.

Une demi-heure ne s'était pas écoulée, que le bruit d'une vive fusillade arrivait aux oreilles des hommes restés au campement.

— Vous nous avez joué ! dit aussitôt le sergent à la vieille femme qui tremblait de tous ses membres. Malheur à vous !

Frère, ajouta l'officier subalterne, en s'adressant au chef Indien, je vous laisse la garde de cette vipère, et je vole, avec mes hommes, au secours de notre cher capitaine. Au retour, elle sera pendue sur l'heure ; comme espionne et traîtresse à sa nation.

Restés seuls au campement, les Indiens entourèrent la vielle femme, qui criait en s'arrachant les cheveux, et en jurant de son innocence. Ce que voyant, le chef Indien s'approcha d'elle, et lui adressant la parole, lui dit :

— Squaw, ta dernière heure est venue. Les frères blancs sont courageux, mais ils sont trop crédules et trop faibles, ils se sont laissé prendre à tes paroles trompeuses. Pour nous, enfants des

Grandes-Prairies, nous savons lire plus avant dans les cœurs, et reconnaître si la langue est fourchue, comme celle du serpent. La tienne a deux dards : l'un qui tue les amis, l'autre qui tue les ennemis. N'essaye pas de cacher plus longtemps ton venin : les yeux du *Buffle-Blanc* t'ont reconnue, et ma vengeance sera terrible ! Betty Cornebill a trahi les Acadiens ; Betty Cornebill a trahi les Anglais ; Betty Cornebill a trahi les Indiens ; elle a trahi une fois le *Buffle-Blanc* lui même cette nuit, le *Buffle-Blanc* la retrouve, il se vengera, sans attendre le retour de ses frères Français. Quand ceux-ci reviendront, ils trouveront la vengeance indienne accomplie. La mort qu'ils te destinent serait trop douce pour expier tes forfaits.

En entendant ces menaçantes paroles, Betty Cornebill, l'ancienne espionne de Georges Louisier et de lord Holdman, tremblait de tous ses membres, au point que, ses jambes fléchissant sous elle, elle s'affaissa sur le sol.

— Squaw ; reprit l'Indien, prenant plaisir à tourmenter sa victime avant de la livrer au supplice, Squaw, ton sang n'est pas du sang, c'est de l'eau qui coule dans tes veines. Après tes crimes, tu n'as pas le courage de voir venir la mort. Il est vrai qu'elle sera terrible. Le *Buffle-Blanc* n'oublie pas que tu as failli le livrer aux mains des maîtres que tu servais alors.

— Brave Indien, prononça la vieille au milieu de ses sanglots, ce n'est pas ma faute, si vous avez été surpris, il y a quinze jours, au fort Molovego.

— Chienne ! rugit l'Indien, ferme ta bouche, il n'en sort que des mensonges. Inutile, du reste, d'attendre plus longtemps ; les frères blancs pourraient revenir, et ils s'opposeraient à ma vengeance.

Sur l'ordre de leur chef, les Indiens saisirent la vieille Betty et la dépouillèrent de ses vêtements, puis l'étendirent par terre.

Alors commença un supplice aussi barbare que révoltant. Après lui avoir attaché les pieds et les mains à des pieux fixés en terre, les Indiens placèrent sous la malheureuse, des pierres aigües aussi grosses que le poing, tandis que d'autres chargeaient son corps d'énormes pierres plates, qui lui broyaient les côtes et lui écrasaient les membres, au point que les os brisés sortaient à travers les chairs et la peau.

La malheureuse victime poussait des hurlements atroces, qui se firent de plus en plus faibles, et, après un quart d'heure d'horribles souffrances, elle expira, en maudissant ses bourreaux, qui dansaient autour d'elle une ronde de démons.

XX

LA CONCESSION DE LA MORT.

Tandis que ce drame horrible s'accomplissait au milieu du silence de la nuit, sur les bords du fleuve, Arthur de Boisléon, sortait vainqueur du piège où l'avait attiré celle qui venait d'expirer si durement sa trahison.

En quittant le campement, il s'était dirigé vers le lieu que lui avait désigné l'espionne, et il suivait depuis une demi-heure le chemin indiqué, lorsque, en franchissant une gorge étroite, résserrée entre deux parois de roches basaltiques, il essuya tout à coup une vive fusillade, qui tua ou blessa grièvement quelques hommes. Il n'y avait plus à douter. Betty Cornebill, était chargée d'amener les Français dans cette passe, où ses ennemis espéraient sans doute se rendre maîtres du capitaine, et empêcher ainsi le corps expédition naire d'arriver aux lacs supérieurs où sa présence gênerait certainement, les Virginiens et les peuplades révoltées, dans leur brigandage.

Mais de Boisléon n'était pas homme à se laisser vaincre aussi facilement. Il riposta avec vigueur, et, lorsque le détachement qu'il avait laissé au campement arriva à son secours, il était déjà maître du terrain.

A la tête de tous ses hommes, il repoussa vigoureusement l'ennemi jusqu'au-delà de l'endroit désigné par l'espionne, et où il ne trouva aucun vestige de la concession annoncée.

Convaincu une fois de plus, de l'infâme complot tramé contre lui, le capitaine commanda la retraite, bien décidé à faire expier à la vieille femme, son indigne trahison.

Il n'eut pas à donner l'ordre d'exécution prononcé contre Betty Cornebill. Lorsque les hommes regagnèrent le campement, la malheureuse venait de rendre le dernier soupir, sous la masse de pierres qui l'écrasait.

En voyant apparaître le chef français, les Indiens suspendirent la ronde effrénée qu'ils exécutaient autour de leur victime.

Arthur de Boisléon comprit tout de suite ce qui s'était passé en son absence. Il fut heureux en quelque sorte, de ne pas avoir à sévir contre une

femme ; mais il tremblait à la pensée des souffrances que la pauvre vieille avait dû endurer.

S'approchant du chef indien, le capitaine lui
reprocha sa brutalité.

— De quel droit, *Buffle-Blanc*, as-tu commis
ce crime ? Qui t'a donné pouvoir de punir même
une coupable dont j'étais le maître ? Sache que je
suis seul à commander ici.

— Que mon chef blanc ne s'emporte pas contre
moi. La vengeance indienne s'est accomplie, parce que Betty Cornebill avait trahi le *Buffle-Blanc*,
avant de commettre, cette nuit, un nouveau crime.
Sa vie m'appartenait. J'ai fait ce que je devais. Si
le chef n'est pas content, qu'il parle ; et je conti-
nuerai mon chemin avec mes frères. Je ne connais
d'autre maître que le Grand-Esprit et ma volonté.

Arthur de Boisléon savait par expérience, qu'il
n'y avait pas à discuter avec l'Indien, et ne voulant pas se faire un ennemi du chef Huron et de
ses alliés, il reprit aussitôt en lui tendant la
main.

— Je n'ai pas à m'occuper de ta propre vengeance. *Buffle-Blanc*, seulement je ne suis pas satisfait de voir qu'elle s'est accomplie, en mon absence, sur une prisonnière que j'avais confiée à ta
garde.

— J'aurais dû attendre votre retour, mais vous

ne m'auriez pas laissé punir cette squaw comme elle le méritait.

Le capitaine se contenta de cette explication pleine de franchise, sinon de loyauté, et changeant de conversation, il demanda au chef Indien :

— Tu dis que cette femme s'appelait Betty Cornebill ?

— Le *Buffle-Blanc* ne se trompe jamais. J'avais reconnu celle qui se vendait au plus offrant, avant que le capitaine eût quitté le campement.

Le nom de Betty Cornebill n'était pas étranger au capitaine de Boisléon, il en avait entendu parler par M. Gondart, comme d'une alliée de son mortel ennemi, Georges Louisier. La rencontre de de cette femme était très significative. Le capitaine devait donc redoubler de prudence, et ne pas trop regretter la mort de cette malheureuse.

Déjà, l'aube naissante éclairait le bivouac. Il ne fallait plus songer à prendre de repos ce matin-là. Le chef donna donc le signal du départ, et deux heures plus tard, le détachement atteignit sans encombre la fin du *portage*.

Les embarcations furent remises à flot, chargées de leur cargaison, les voiles furent hissées, et, à la joie générale, la flottille prit le large, fendant maintenant les eaux du lac Erié.

Pas une pirogue, pas le plus petit canot, ne se montrait sur la vaste mer d'eau douce. Un calme parfait régnait partout. On n'entendait que les caresses de l'eau sur les flancs des barques, ou les notes perlées que lançait dans l'espace un gosier aérien.

Soldats et matelots se reposaient des fatigues du *portage* et causaient gaiement de leurs exploits, en attendant avec joie, le moment de faire de nouveau le coup de feu.

Arthur de Boisléon, lui, ne songeait guère au combat. Les yeux fixés sur la rive huronne que l'on côtoyait, il s'enivrait des mille senteurs balsamiques que lui portait la brise, et regardait fuir les bois, les prés, et les anfractuosités du lac, mouvant tableau, lui prouvant que bientôt il serait en vue de Sainte-Geneviève.

Deux jours de navigation, rendue facile par un vent favorable, l'amenèrent, en effet, sur les bords de la magnifique concession.

De son banc de quart, le capitaine apercevait déjà le blockaus dominant les palissades et le pays d'alentour plongé dans un profond silence, malgré l'heure avancée. La brillante horloge du désert marquait midi.

Involontairement, un sombre pressentiment s'empara de l'âme de Boisléon, et il ne put se défendre d'une vague terreur.

Plus il approchait du but, et plus il trouvait effrayant, le calme de Sainte-Geneviève.

Le charme virginal du paysage s'effaçait pour lui, et sous cette enveloppe hypocrite et mensongère, il redoutait maintenant la désolation et la mort.

Un instant, le capitaine voulut commander une décharge d'artillerie, pour prévenir les hôtes endormis, de son heureux retour. Mais il abandonna cette idée, préférant surprendre ceux qu'il aimait,

Il fit aussitôt jeter l'ancre ; donna l'ordre à ses équipages de se tenir prêts à tout événement; et, descendant dans un canot, il se rendit à terre, accompagné de son second et de deux fidèles matelots.

La prairie, qui s'inclinait mollement de la concession au rivage, était déserte. Les troupeaux de bœufs qui y paissaient ordinairement l'herbe bleue, manquaient au paysage, et leurs clochettes ne frappaient plus l'air de leur joyeux cliquetis.

Le trouble qui envahissait l'âme du capitaine, augmenta encore, et gagna ceux qui l'accompagnaient.

— Où nous conduisez-vous donc, capitaine ? interrogea le second. Votre concession me fait l'effet du château de la Belle-au-bois dormant. Heureusement que la vue de son gentil et aimé seigneur rendra bientôt la vie à sa fiancée.

— Ne plaisantez pas en ce moment, mon ami, ce silence m'effraye. J'ai peur.

— Bah ! il n'y a pas de quoi, capitaine. La journée est chaude, et les hôtes font sans doute la sieste. Personne, du reste, ne vous attend ici.

— Vous avez peut-être raison, Villois ; malgré tout, j'ai hâte de réveiller ces endormis.

Les deux officiers doublèrent le pas et bientôt, ils arrivèrent devant le pont-levis, qu'ils trouvèrent baissé.

Arthur de Boisléon passa le premier.

En franchissant les palissades, il poussa un cri déchirant, que répétèrent les échos voisins. Un spectacle horrible venait s'offrir à ses yeux. La cour portait les traces d'un violent combat. Un affreux désordre y régnait, et un grand nombre de corps gisaient sur le terrain, au milieu de mares de sang. Le capitaine s'élança vers ces cadavres, et eut la douleur de reconnaître parmi les corps de plusieurs Indiens et Virginiens, ceux de M. Dumetz, le fidèle régisseur ; du pauvre Corentin Lamorne, étendu sans vie, et affreusement défiguré par le scalpel ; ainsi que ceux de plusieurs serviteurs de M. Gondart.

Atterré devant cette horrible tableau, Arthur de Boisléon restait sans forces, au milieu des morts et des débris sans nombre, qui jonchaient le sol.

— Que nous réserve la visite de la demeure, dit-il d'une voix brisée à ses compagnons ?

— Ce que Dieu permettra ! reprit le second, en serrant la main de de Boisléon. et en lui disant :

— Allons, mon ami, du courage, peut-être trouverons-nous là, l'explication du drame affreux qui a dû se passer ici tout récemment, puisque le sang de ces malheureux est à peine coagulé.Du courage, et en avant !

Les deux hommes entrèrent ensemble dans la maison. Tout y était brisé, soit par les balles criblant les murailles, soit par des mains des Vandales, qui n'avaient rien respecté.

Plusieurs cadavres gisaient encore dans les appartements. Arthur de Boisléon arriva haletant, devant la chambre qu'il savait être celle des jeunes filles. La porte en était fermée. Il l'ouvrit en tremblant, et une scène plus horrible encore que celle dont il avait été témoin jusqu'ici, s'offrit à ses regards. Lucile Calmire était étendue au milieu d'une mare de sang et à ses pieds gisait Louise la jeune servante, tombée elle aussi atteinte de plusieurs balles.

Le jeune officier poussa un cri d'effroi :

— Mortes toutes deux ! dit-il, et il continua sa triste perquisition.

Durant cette pénible visite domiciliaire, Arthur de Boisléon tremblait, à chaque instant, de se trouver en présence du corps de M. Gondart ou de sa fiancée. Il n'en fut rien, heureusement ; et, quoique soulagé d'un grand poids, le jeune officier se demandait avec terreur quel était en ce moment, le sort de ceux qu'il aimait : Avaient-ils échappé au massacre ? ou, ce qui serait plus ter_ rible que la mort, étaient-ils au pouvoir de leurs ennemis ? En ce cas, quels étaient ses ennemis, où étaient-ils à cette heure ?

Le jeune officier se posait ces diverses questions, en traversant de nouveau la cour, lorsque ses yeux furent attirés par un billet cloué sur le montant du pont-levis.

Il s'approcha de ce point et trouva un chiffon de papier sur lequel une main inexpérimentée avait griffonné ces mots :

« M. Gondart, sa fille, son neveu, quelques serviteurs et moi, sommes prisonniers de Louisier et de sa bande. Il nous emmène vers les forêts du sud. Dieu nous protège !

Ce 22 août 1756, deux heures du matin.

Le Chercheur-de-pistes.

— Malédiction ! rugit le lieutenant. Nous arrivons douze heures trop tard !

— C'est vrai ! Villois. Mais nous rejoindrons l'infâme ; et, morte ou vive, je lui reprendrai celle qu'il m'a ravie.

— A vos ordres, capitaine.

Un serrement de main fut la réponse, et les deux officiers reprirent à la hâte le chemin de la rive.

— Nous n'avons pas un instant, pas une seconde à perdre, dit de Boisléon, en regagnant sa petite escadre. Il faut retrouver leurs traces avant la nuit.

Deux heures plus tard, quatre vingts hommes bien armés débarquaient sur la rive, ainsi que le *Buffle-Blanc* et ses trente Indiens. En passant devant la concession, cette troupe de braves jura de venger les victimes.

— Le sang Huron s'est mêlé au sang de leurs frères blancs, dit le chef Indien en reconnaissant parmi les morts, quelques hommes de sa nation, et il ajouta en levant sa hache de guerre vers le soleil :

Avant que cet astre ait fait place à la reine des nuits, le *Buffle-Blanc* foulera les traces des traîtres. Vengeance ! Vengeance ! devant les hommes, et devant le Grand-Esprit. J'ai dit : Que les Français me suivent, ils verront comment les Fils des Grandes-Prairies savent trouver et suivre la piste de leurs ennemis.

— Je me fie à votre sagacité et à votre expérience, *Buffle-Blanc*. Conduisez-nous, et cette fois, nous accomplirons ensemble de justes représailles.

— Que mon frère soit sans crainte, nous combattrons côte à côte, et nous serons bientôt les maîtres de nos ennemis, quel qu'en puisse être le nombre.

En terminant, le chef Indien fit quelques pas dans la prairie ; se coucha par terre, resta un instant immobile, les yeux tournés vers la plaine au niveau des herbes, et se relevant tout à coup il prononça lentement, en indiquant le sol du doigt :

— Voici la piste ! en avant !

Plein de confiance dans ce limier de prairie, de Boisléon répéta l'appel de l'Indien, et sa petite troupe s'ébranla, en se dirigeant vers les bois qui bordaient l'horizon sud.

XXI.

AUX MAINS DU TRAITRE

Le lecteur a sans doute deviné ce qui s'était passé à Sainte-Geneviève, pendant la nuit précédant le retour du capitaine de Boisléon.

Le traître, qui avait juré de s'emparer de Franco Gondart, rendu plus furieux encore par l'échec subi durant la veillée de Noël, attendait, depuis cette époque, le moment favorable, pour mettre de nouveau son infâme projet à exécution.

Semblable au serpent qui guette longuement sa proie dans l'ombre, il avait eu la patience d'attendre de longs mois, préparant sa trame, augmentant son armée de bandits, et, confiant dans ses nouvelles forces, il s'apprêtait à livrer bientôt un second assaut, lorsque la nouvelle de la prochaine arrivée du capitaine de Boisléon et du petit corps expéditionnaire sur les bords du lac, vint raviver sa rage.

Louisier comprit que, s'il attendait le retour de l'officier, toutes ses peines seraient perdues, et qu'il pourrait, dès lors, renoncer à son projet.

Mais la haine le mordait trop au cœur, pour qu'il abandonnât ainsi sa vengeance. L'astucieux gredin forma aussitôt un nouveau complot, qu'il lui était facile d'exécuter, grâce aux moyens dont il pouvait disposer.

Il envoya une partie de sa bande aux abords du Niagara, et chargea sa fidèle espionne, Betty Cornebill, d'attirer l'envoyé de Montcalm dans le piège organisé pour retarder de Boisléon, et lui donner le temps de s'emparer de Sainte-Geneviève.

Nous connaissons déjà le résultat de cette machination.

Après avoir pris ces précautions, Louisier rassembla en hâte quelques Indiens révoltés, ainsi qu'un grand nombre de parias de toutes nations, venus à la déclaration de la guerre, pour vivre de rapines et de crimes, dans un pays qu'ils savaient impuissant à se défendre.

A la tête, cette fois, de deux cents bandits, il envahit la concession, et grâce au nombre, s'en rendit maître, après deux heures d'un violent combat, durant lequel M. Gondart perdit presque tous ses défenseurs. Lui-même, acculé dans le blockaus, en compagnie de sa fille, de Jean

Gonidec, et de deux ou trois serviteurs, dut rendre les armes qui étaient devenues inutiles par le manque de munitions.

L'attaque avait été si soudaine, le nombre des assaillants si considérable, que Michel Gondart ignorait encore quels étaient ses ennemis. Quelle ne fut donc pas sa terreur, quand, désarmé, il se trouva en présence de l'homme pervers qui avai juré sa perte et celle de sa fille.

— Eh bien ! papa, beau-père, lui dit Louisier en esquissant un horrible sourire, puisque vous me fermez votre porte, j'ai dû passer par-dessus. Vous excuserez le procédé, et vous me pardonnerez certainement, lorsque vous saurez que je suis venu ici pour terminer rapidement nos affaires, en épousant au plus tôt Mademoiselle France.

En entendant prononcer son nom, par l'infâme bandit, la jeune fille pâlit affreusement, et se serra contre son père.

— Vous avez poussé bien loin déjà votre vengeance. J'espère que vous n'irez pas plus avant, et que vous respecterez l'honneur de mon enfant, répondit Michel Gondart.

— Ah ! ça ! beau-père ! ne nous fâchons pas, ce serait du temps perdu. Croyez-vous bonnement que je suis venu jusqu'ici pour le plaisir de vous serrer la main, de saluer Mademoiselle, et que je

vais regagner ainsi mon domicile d'Anapolis ?
Erreur ! Erreur ! J'aime votre fille, et ne l'aime-
rais-je pas, qu'elle deviendrait ma femme. J'en
donne mon âme à Satan.

Pas n'est besoin ! interrompit le *Chercheur de-
pistes*. Il y a longtemps que tu as fait ce triste
cadeau à ton maître.

— Qui es-tu ? pour oser me parler ainsi, rugit
Louisier, en dévisageant son interlocuteur.

— Qui je suis ! Souviens-toi de la mort du capitaine Cartenier ! As-tu oublié Jean Gonidec.

— Jean Gonidec ! exclama l'assassin, en serrant convulsivement les poings. C'est bon ! nous
aurons un compte à régler ensemble.

— Tu dis vrai, quartier-maître. Il y a plus
d'un an que j'ai commencé ce compte. Devines-tu
maintenant qui t'a fait connaître à temps pour
empêcher ton infamie ; et qui veille, depuis lors
sur celle qu'il a juré de protéger jusqu'à la mort ?

— Alors ton devoir est accompli, car tu ne me
nargueras plus longtemps. Tu peux faire ton acte
de contrition, mon breton.

— Oh ! oh ! pas encore ! Jean Gonidec a la
vie dure.

La discussion aurait pu durer longtemps entre
les deux hommes ; mais elle fut brusquement
interrompue par un individu qui vint trouver
Louisier, et lui dit :

- - Maître ! grave nouvelle à vous apprendre. Les voiles des Français sont en vue de la côte. Votre plan a échoué au Niagara, où Betty Cornebill vous a trahi, comme elle l'a fait pour tant d'autres. Malheur à vous !

— Merci du renseignement, Harry ; je saurai en profiter. Rassemble les hommes, et commande la retraite.

En apprenant l'arrivée du capitaine, un vif sentiment de joie et d'espoir ranima les prisonniers. Ce que voyant, Louisier leur dit, en fronçant les sourcils :

— En avant, vous autres ! et marchez vivement. A la première résistance, je brise les têtes.

— Donnez-nous au moins le temps de relever nos blessés, fit Michel Gondart.

— Vos blessés ! il n'y en a plus. Mes hommes les ont achevés. C'était le moyen le plus simple de leur enlever toute souffrance.

— Ma nièce ! la pauvre enfant !

— Morte, comme les autres,

— Assassin ! rugit douloureusement Michel Gondart, tandis que France pleurait à sanglots, en serrant sur son cœur Alcide Calmire, criant de toutes ses forces, en appelant sa sœur, sa chère Lucile.

— Que m'importe, pourvu que ma vengeance

s'accomplisse, prononça le bandit, qui répéta d'une voix de stentor :

— Allons, marchons ! et vers le sud.

Vers le sud ! c'était les grands bois, les forêts inpénétrables où jamais on ne retrouverait leurs traces, s'ils y parvenaient avant d'avoir été aperçus de ceux qui venaient à leur secours. Michel Gondart le comprenait, il essaya de tous les moyens pour retarder le départ. Ce fut en vain ! Louisier fit entourer les prisonniers par un groupe d'Indiens, et le triste cortège sortit de la cour, non sans que le *Chercheur-de-pistes* ait eu le temps d'attacher à l'un des supports du pont, le billet que nous connaissons.

France Gondart, tout en comprenant l'horreur du sort qui l'attendait, ne perdait pourtant ni courage, ni espoir. La vaillante jeune fille avançait, donnant le bras à son père, ayant de l'autre côté, son fidèle Gonidec, cachant sur son sein, une dague effilée, échappée aux regards des vainqueurs. Le *Chercheur de-pistes* comptait en faire usage, soit pour protéger une dernière fois celle que lui avait confiée le capitaine Boisléon, soit pour les aider à couper les liens, qui peut-être empêcheraient une fuite qu'il combinait déjà.

Le soleil était déjà haut à l'horizon, et la troupe de Louisier marchait toujours à travers les hautes herbes de la prairie. L'étape durait depuis six

heures, et ses hommes, fatigués du combat de la
nuit et de cette marche forcée, commençaient à mau-
gréer contre leur chef. Le bandit aurait bien voulu
continuer sa route et ne s'arrêter qu'à l'abri des
bois dont la luxuriante verdure formait une bande
sombre, au sud de la plaine ensoleillée.

Mais il comprit qu'un repos devenait nécessaire
et il commanda, malgré lui, une halte de quelques
instants. Pendant que ses hommes s'allongeaient
sur le gazon, Louisier gravit un petit tertre, et les
yeux tournés vers le chemin parcouru dans la
direction de Saint-Geneviève, il resta immobile,
épiant l'horizon.

Il paraissait inquiet, et il était facile de voir
combien il redoutait l'arrivée des Français. Le traître savait bien que les bandits composant sa
bande, ne tiendraient pas longtemps contre les
marins commandés par de Boisléon, et il redoutait de se voir enlever les proies tombées traîtreusement en sa possession.

Pourtant, la plaine était plongée dans un calme
parfait, tout faisait espérer qu'on aurait le temps
de gagner les forêts, et après une heure de repos,
la caravane se remit en marche.

A mesure que l'on avançait, les bois semblaient reculer, laissant toujours entre eux et la
caravane, une interminable prairie. Vers le soir,
les hommes, épuisés de fatigue, et ne voulant pas

abandonner le lourd butin que chacun avait enlevé au sac de la concession, refusèrent d'avancer.

Louisier, doutant avec raison de son autorité sur ces hommes sans foi ni loi, dût céder devant leur volonté, et une nouvelle halte fut organisée, à la grande joie de Michel Gondart et de sa fille, qui n'en pouvaient plus.

Ne redoutant pas une évasion au milieu de cette plaine dénudée, Louiser laissa une certaine liberté à ses prisonniers. Ceux-ci en profitèrent pour aller s'étendre sur le gazon, et échanger à voix basse, leurs pénibles impressions.

— Pauvre enfant ! disait M. Gondart à sa fille. Quel sort te réserve l'avenir ! Ton pauvre père en frémit d'horreur, et il donnerait volontiers sa vie pour te savoir loin des atteintes de cet homme infâme.

— Dieu est là pour nous protéger, cher père: ayons confiance, même au milieu de notre infortune. M. de Boisléon ne tardera pas à connaître l'attaque de notre belle concession. Peut-être y est-il déjà. Soyez certain qu'il viendra à notre secours.

— Je veux l'espérer pour toi, ma bien-aimée. Mais, malgré son bon vouloir et son énergie, ton fiancé trouvera-t-il nos traces?

Le *Chercheur-de-pistes* était couché sur la mousse, auprès de M. Gondart, il paraissait complétement indifférent à tout ce qui se passait autour de lui; mais en entendant la dernière phrase de M. Gondart, il s'approcha en rampant, et lui dit:

— Que ne suis-je auprés de mon capitaine ! Je l'aurais vite mis sur la trace de ce gibier de potence.

A peine Jean Gonidec avait-il prononcé ces mots qu'il se leva, comme subitement électrisé; puis se laissant tomber sur le sol, il y appliqua l'oreille, et sembla y surprendre un bruit souterrain.

Il n'était pas depuis une minute en cette position, qu'il se souleva sur les poings, et tournant vers ses compagnons un visage où se lisait une grande joie, il dit à M. ndr:

— Mlle France n'est pas encore la femme de cette brute, et nos têtes tiennent encore à nos épaules. Espoir! Espoir! On vient à notre secours,

— Dites-vous vrai? mon bravo !

—· Oui, cher monsieur, le sol me transmet le bruit des pas de nos sauveurs.

— Le *Chercheur-de-pistes* appliqua de nouveau l'oreille contre terre, et reprit aussitôt:

— Je ne me trompe pas. Ceux qui viennent marchent rapidement, et ils doivent être en nombre, car le sol tremble sous leurs pas. Qui plus est, ce sont des Français; car des Indiens ne feraient pas un bruit semblable.

— Juste ciel! puissiez-vous ne pas vous tromper!

— C'est si vrai, maître, que malgré mon désir d'envoyer *ad patres* le gueux qui nous surveille là-bas, je fais vœu de mettre pour lui un cierge à Sainte-Anne d'Auray, à mon retour en France, s'il a la bonne pensée de rester ici seulement encore pendant deux heures.

En ce moment, Louisier surprit-il la manœuvre de Jean Gonidec : ou entendit-il, lui aussi le bruit qui remplissait de joie ses prisonniers, toujours est-il qu'il bondit tout à coup sur ses pieds, et d'une voix de tonnerre, donnant une juste idée de la colère et de la peur qui l'animaient, il s'écria:

— Debout, et en avant ! nous sommes poursuivis.

Il n'en fallut pas davantage pour rendre l'énergie aux bandits se vautrant dans les herbes. En un instant, tous furent chargés de leur butin, et les prisonniers, réintégrés au milieu d'un cercle de baïonnettes, furent entraînés en toute hâte vers les forêts voilant déjà leurs cîmes dans l'épais brouillard de la nuit naissante.

XXII

LE SIGNAL DE JEAN GONIDEC

La peur rendit des forces aux hommes de Louisier. Malgré leur fatigue, ils marchèrent rapidement, et, en quelques instants, atteignirent les
grands bois, où ils espéraient échapper aux recherches de ceux qui les poursuivaient.

Durant trois quarts d'heures, ils avancèrent,
entrainant leurs prisonniers au milieu d'un
dédale inextricable de plantes de toutes essences ;
brisant les lianes, taillant de droi.e et de gauche,
pour se tracer un chemin à travers cette végéta-
tion luxuriante et vierge encore.

Depuis que l'on marchait en forêt, Michel
Gondart se laissait aller à une sombre mélancolie.
Il lui semblait que chaque nouveau pas mettait,
entre ses sauveurs et lui, une barrière infran-
chissable. Le *Chercheur-de-Pistes* s'efforçait de
dissiper la tristesse de ses malheureux compagnons et de leur rendre un peu d'espoir.

— Voilà des gueux peu habitués au métier ; disait-il à l'oreille de M. Gondart. Les imbéciles prennent le soin d'indiquer leur piste, en traçant le chemin. Taillez, mes amis ! taillez ! ajoutait-il en souriant. Le capitaine vous en saura gré.

Jean Gonidec n'avait pas terminé cette phrase, que Louisier commanda la halte, au grand ébahissement de tous. Le chef voulait-il donc attendre l'ennemi ?

Tel n'était pas le plan de l'astucieux bandit. Se sentant perdu, et ne voulant pas abandonner sa proie, il résolut de se sauver, en abandonnant ses hommes à la fureur des poursuivants.

Il appela son compère Harry, et lui dit

— Frère, nous sommes ici à l'abri du danger. Ces chiens de Français n'oseront pas suivre nos traces de nuit, de peur de les perdre. Nous pouvons disposer de quelques heures de repos. Faites donc préparer le campement. Pendant ce temps, je vais me retirer à quelques pas d'ici, avec mes prisonniers et quelques hommes de garde. Au premier bruit, à la moindre alarme, je serai auprès de vous. Mais en attendant, j'entends être seul au lieu que j'ai choisi pour accomplir ma vengeance.

L'Anglais s'inclina, assura à son chef que ses ordres seraient suivis ponctuellement, et Louisier

s'éloigna, précédé de quelques hommes, conduisant les prisonniers à travers les bois.

Le bandit venait de commettre une nouvelle infamie. Au lieu de s'arrêter dans les environs du
campement, comme il en avait donné l'assurance
à son compagnon, il ne songea qu'à s'en éloigner
le plus promptement possible, en mettant autant
de soin à dissimuler les traces de son passage,
dans les fourrés, qu'il y avait apporté de négligen-
ce volontaire jusque-là. Son but était de livrer ses
hommes et d'échapper aux poursuites, tandis que
le capitaine de Boisléon attaquerait le campement.

Cette tactique était aussi habile qu'infâme, et
tout en faisait espérer le succès.

Louisier et ses quelques hommes escortant les
prisonniers n'avaient pas quitté le bivouac depuis
un quart d'heure, qu'une vive fusillade retentit
soudain, réveillant les échos et les nombreux hôtes de la forêt.

A ce bruit, ses hommes s'arrêtèrent. Mais
Louisier leur indiqua la route du doigt, et riant
de son rire de démon leur dit :

— Tant pis pour eux ! Tant mieux pour nous !
Et il ajouta de cette voix qui ne souffrait pas de
réplique :

— En avant ! Là, est notre salut.

— Triple lâche ! rugit Gonidec, en essayant

vainement de briser les liens qui lui serraient les poignets.

— Dieu ne permettra pas votre triomphe, ajouta Michel Gondart, en soutenant sa fille qui, n'en pouvait plus, brisée par la fatigue et les émotions de cette terrible journée, s'affaissa sur le sol.

En la voyant tomber, Louisier lança un horrible blasphème, qui fit plus d'impression sur les prisonniers que le bruit du combat qui se livrait sous bois, entre les bandits restés au campement et les marins du capitaine de Boisléon.

Louisier, malgré son désir de s'éloigner le plus possible, vit bien qu'une halte était nécessaire ; il consentit donc à s'arrêter, et recommanda à ses hommes de garder le plus profond silence, menaçant de briser le crâne à celui qui prononcerait le premier mot.

Les soldats, après avoir solidement garrotté les prisonniers, s'étendirent sur la mousse et se disposèrent à jouir en paix de quelques heures de repos que leur accordait Louisier. Le terrible chef se plaça le plus près possible de M. Gondart, et peu à peu, la fatigue l'emportant sur la crainte, le bandit s'endormit. Ce que voyant, ses hommes l'imitèrent, et bientôt leurs sourds ronflements troublèrent seuls l'affreux silence qui régnait en cet endroit.

Depuis un moment, le bruit du combat avait cessé, et Michel Gondart, qui veillait sur son enfant endormie, se demandait avec anxiété quel pouvait en être le résultat. Ce pauvre père était trop tourmenté du sort de sa chère France, pour pouvoir fermer les yeux. Il croyait être seul éveillé, lorsqu'il lui sembla entendre remuer le *Chercheur-de-pistes*, étendu non loin de lui.

— Gonidec, interrogea-t-il à voix très-basse, dormez-vous ?

— Ce serait une lâcheté, Monsieur.

— Que faites-vous donc ? Je vous entends grafter quelque chose depuis dix minutes, et je croyais d'abord au voisinage d'un rat.

— Je prépare notre délivrance, Monsieur. C'est l'heure ou jamais, de profiter du sommeil de ces brutes. Au même moment, Michel Gondart vit se lever son compagnon, débarrassé de tous ses liens.

Le hardi trappeur, adroit et souple comme un singe, était parvenu à saisir avec les dents, la dague qu'il cachait sur son sein, et se servant de sa mâchoire comme d'une main assurée, il était parvenu à couper les liens de ses poignets. Il lui avait été facile de se débarrasser ensuite de l'entrave qui maintenait ses pieds.

Dès qu'il fut debout, son premier soin fut de rendre la liberté à M. Gondart, tout en lui recom-

mandant de ne faire aucun mouvement, de crainte
d'éveiller les gardes peu vigilants, qui s'étaient
endormis, dès qu'ils avaient entendu les ronflements du chef.

— Qu'allez-vous faire, Gonidec ?

— D'abord avertir mon capitaine de notre présence ici, et régler ensuite le compte de ce gibier
de potence.

Le *Chercheur-de-pistes* s'était recouché, il
amassa sans bruit une certaine quantité d'herbe
sèche qui jonchait le sol, puis, saisissant son bri-
quet, il y mit le feu.

— Malheureux ! que faites-vous prononça M.
Gondart. Vous allez nous trahir.

— Sans doute ; mais en même temps, indiquer
la route au capitaine.

A peine la flamme eut-elle jailli, que Jean
Gonidec saisit une petite caisse faisant partie du
butin du soldat le plus voisin, et la précipita dans
le foyer.

Au pétillement de la flamme, ou à la clarté produite par les étincelles, que souleva le coffret en
tombant, Louissier s'éveilla en poussant un cri de
rage, couvert aussitôt par une effroyable détonation.

En même temps, une épouvantable gerbe de feu
montait, criblant la voûte de verdure et s'élevant
dans les airs à une grande hauteur.

Le *Chercheur-de-pistes* venait de faire un signal à sa façon. Ayant reconnu près de lui, le coffret contenant les fusées qui lui servaient autrefois au blockaus de Sainte-Geneviève, il avait conçu le plan hardi qu'il venait d'exécuter.

Les hommes, éveillés en sursaut, par cet effroyable bouquet de feu d'artifice, s'enfuirent dans toutes les directions.

Seul, Louisier, dont la haine et la soif de vengeance étaient plus puissantes que la peur, resta debout, les yeux sortis de leurs orbites

Lorsque la fumée se fut un peu dissipée, et qu'il aperçut Jean Gonidec, debout, lui aussi, près du foyer, il s'élança sur son adversaire, qui l'attendait de pied ferme, brandissant sa dague à la lame brillante.

— A nous deux ! cria le *Chercheur-de-pistes*. et Vive France et Canada !

Les deux champions étaient de force ; animés l'un et l'autre d'une haine puissante. Ils se livraient un duel effroyable, s'élançant l'arme haute, parant adroitement un coup mortel, ou roulant ensemble au milieu du brasier dont ils dispersaient les débris, qui enflammaient les herbes d'alentours.

Michel Gondart n'était pas resté spectateur comme on le pense bien. Tout d'abord, il avait coupé les liens qui retenaient les membres de sa

fille et de son neveu, et, aidé de ceux-ci, il allait
voler au secours de son fidèle ami Gonidec, lorsque de grandes clameurs retentirent soudain.

— A moi ! criait en ce moment le *Chercheur-
de-pistes*, terrassé par son ennemi.

— Vive France et Canada ! répondirent cinquante voix, et les marins, ayant à leur tête le
capitaine de Boisléon, pénétrèrent dans la clairière en flammes.

Au même instant, Jean Gonidec se relevait,
après avoir porté un coup terrible à Louisier, qui
roula lui même sur le sol, en lançant un blasphème,

Le *Chercheur-de-pistes*, ivre de fureur en
même temps que de joie, allait achever le traître;
mais le capitaine ne lui en donna pas le temps.
Ce dernier lui arrêta le bras, en lui disant :

— Jean, on ne frappe jamais un ennemi vaincu !

— Mais on meurt en frappant celui que l'on
hait ! s'écria Louisier, qui fit un dernier effort et
plongea son poignard dans le sein du capitaine,
qui s'affaissa dans les bras de M. Gondart.

— Vengeance ! Vengeance ! rugit Gonidec en
levant de nouveau son arme.

Cette fois, il ne frappa qu'un cadavre.

Le traître était mort en commettant ce nouveau
crime.

XXIII

LA FIANCÉE DU MORIBOND.

Les témoins de ce triste drame, restèrent un moment cloués sur place, sans prendre garde au danger qu'ils couraient eux mêmes.

Le feu s'était promptement communiqué aux herbes et aux brindilles couvrant le sol. Déjà les arbres voisins s'enflammaient, et le fléau destructeur menaçait de gagner rapidement la forêt toute entière. Il fallait fuir au plus vite, si l'on ne voulait être asphyxié ou brûlé vif.

Les marins construisirent en toute hâte une civière, formée de branchages, y placèrent leur cher capitaine, l'enlevèrent sur leurs robustes épaules, et le convoi se mit en marche.

Michel Gondart marchait, soutenant Jean Gonidec, qui, lui aussi, avait reçu plusieurs blessures heureusement sans gravité, mais dont la perte de sang occasionnait une faiblesse croissante. France Gondart avait retrouvé toute son énergie et toute sa force, en voyant tomber son fiancé.

Elle était aussitôt accourue, avait appliqué elle-même un premier pansement, à l'aide de son mouchoir ; et maintenant, elle marchait courageusement à côté de la civière, tenant dans sa main, la main inerte de son cher fiancé.

Après avoir abandonné le cadavre de Louisier au milieu du bosquet en flammes, les marins reprirent le chemin qu'ils avaient suivi : c'est-à-dire celui du campement.

Le lieutenant Villois raconta en cheminant le désappointement de son capitaine, lorsque, après s'être emparé des pillards, il s'aperçut avec désespoir que le chef des bandits et ses prisonniers du matin, n'étaient pas au bivouac. Canada avait aussitôt ordonné une battue dans la forêt, et ils allaient s'engager sur une fausse route, lorsque le feu d'artifice de Gonidec, leur montra fort heureusement la direction à suivre.

— Que n'êtes-vous arrivé dix minutes plus tard ! s'écria le *Chercheur-de-pistes*. Notre pauvre capitaine n'aurait pas reçu le coup du traître, au moment où il m'ordonnait de l'épargner.

Je savais bien moi, que cet homme ne méritait aucune pitié.

— Que voulez-vous, mon brave. Tout ceci est

arrivé par la volonté de Dieu, nous devons nous y soumettre.

— Sans doute, lieutenant. N'importe, je me reprocherai toute ma vie d'avoir été, en quelque sorte, la cause du malheur de notre capitaine et de cette bonne demoiselle France.

La jeune fille tendit la main au *Chercheur-de-pistes*, qui la mouilla de ses larmes.

— Allons, tout espoir n'est pas perdu, reprit le lieutenant Villois. La blessure n'est peut-être pas aussi grave que nous le pensons. Nous serons bientôt au campement, et nous y trouverons notre bon chirurgien Dumont, en compagnie de nos braves Indiens, gardant les prisonniers.

Comme pour confirmer le dire de l'officier, Arthur de Boisléon ne tarda pas à reprendre connaissance.

Aussitôt qu'il ouvrit les yeux, il les porta sur ceux qui l'entouraient ; il les arrêta avec bonheur sur la jeune fille, dont il pressa affectueusement la main. En même temps, le jeune homme demandait d'une voix faible :

— Etes-vous tous ici ?

— Oui, tous, répondit Michel Gondart.

— Ah ! Dieu soit loué ?

Et le blessé posa de nouveau la tête sur son oreiller de feuillage, et sembla dormir.

Après une demi-heure de marche, le cortège atteignit le campement.

L'aube blanchissait déjà la clairière, et permit à ceux qui étaient restés, de reconnaître aussitôt le capitaine, couché sur sa civière.

Les braves marins aussi bien que les Indiens, se pressèrent autour du blessé, et tous voulurent aussitôt entendre le récit du drame.

Gonidec fut vivement félicité ! Chacun tenait à serrer ses mains blessées, qui avaient délivré le pays du plus infâme des bandits.

— Trève de sentiment ! exclama le major. Pensons d'abord au cher capitaine. Nous verrons le reste ensuite.

Le chirurgien voulut faire éloigner la jeune fille, avant de découvrir la blessure du capitaine.

— C'est inutile, Monsieur, reprit vivement France. Je ne suis pas de celles qui s'affaiblissent à la vue du sang.

— C'est Mademoiselle qui a fait le premier pansement, interrompit Gonidec.

— Je vous félicite, reprit le major Dumont en enlevant le linge. Vous seriez excellente garde-d'ambulance, Mademoiselle.

— Mes services sont à votre disposition, répondit modestement la jeune fille, tout en examinant la physionomie du docteur où, elle espérait lire le sort de son fiancé.

Après un long examen, M. Dumont pansa la plaie, sans que la moindre émotion parut sur sa bonne et placide figure.

— Que pensez-vous de cette blessure, interrogea Michel Gondart ?

— Monsieur, reprit le docteur, j'aiderai Dieu de tout mon pouvoir, s'il juge bon de nous laisser notre bon et vaillant chef.

Cette réponse était digne d'un grand cœur ; mais un peu vague, et ne satisfaisait pas l'anxiété générale. Aussi, France Gondart s'enhardit et posa carrément cette question au docteur :

— Avez-vous au moins de l'espoir ?

— Nous devons en vivre, Mademoiselle ; mais je ne vous cache pas que la blessure est grave. Avec des soins, de grands soins, du calme et du temps, nous rétablirons peut-être, celui qui doit vous donner son nom, sa foi et son noble cœur.

Qui commande ici ? continua le docteur. Est-ce vous ? lieutenant Villois.

— Oui, major, en l'absence du capitaine.

— Eh bien ! cher Monsieur, faites gagner la concession le plus tôt possible, nous nous y installerons, avec la permission de M. Gondart, et nous y donnerons des soins au blessé... aux blessés, veux-je dire ; car voilà un garçon qui m'a l'air d'avoir également besoin de mes services, répliqua le docteur, en désignant Jean Gonidec.

— J'ai en effet la peau quelque peu endommagée, major, reprit celui-ci ; mais ce n'est pas la première égratignure que reçoit mon vieux cuir. Quand mon capitaine sera servi, nous verrons.

Le lieutenant Villois donna aussitôt ses ordres, et la caravane s'achemina à travers la plaine. Cette fois, les rôles étaient changés. Les bandits, surpris au campement, marchaient désarmés au milieu des marins, mais ils étaient toujours chargés du riche butin qu'ils avaient enlevé, et que, tout honteux, ils rapportaient à la concession.

M. Gondart, France et ses amis faisaient la route montés sur leurs chevaux, emmenés la veille par les pillards. Si la vue du cher blessé qu'ils escortaient ne les eût pas douloureusement impressionnés, le chemin aurait paru court.

Vers midi, ils étaient devant les palissades.

A leur grand étonnement, M. Déprey le voisin de la concession du Lac franchit le pont-levis et s'élança dans les bras de Michel Gondart.

— Mon pauvre ami ! lui dit-il, la voix tremblante d'émotion, nous désespérions de vous revoir, et pourtant nous savions M. de Boisléon sur vos traces. C'était une grande consolation. Ah ! si au moins nous avions pu, nous aussi, aller à votre secours ! mais le devoir nous retenait auprès de cette bonne petite Lucile...

— Comment ! ma nièce n'est pas morte ?

— Ma sœur ! ma bonne petite sœur !

— Ah ! chère Lucile, interrompirent à la fois M. Gondart, Alcide Calmire et France.

— Elle vit, grâces à Dieu ! mais elle est blessée répondit M. Déprey, qui ajouta en apercevant les matelots portant Arthur de Boisléon :

Que vois-je ! le cher Capitaine étendu sur une civière ; blessé lui aussi ?

— Tombé sous la main du traître, qui est allé rendre compte de ses crimes au souverain juge. Mais, permettez voisin, que nous nous occupions tout d'abord de notre blessé ; nous causerons plus tard.

Pendant que le docteur Dumont et son aide-major, suivis de Michel Gondart et de ses amis installaient le Capitaine et soignaient Gonidec, France et Alcide Calmire se précipitaient vers la chambre de Lucile, Madame Déprey attirée par le bruit, vint au-devant d'eux, et les arrêta sur le seuil, en les couvrant de tendres baisers.

— Chers enfants ! je comprends toute votre impatience. Mais, au nom du ciel ! ayez le courage d'attendre. La moindre émotion pourrait nous enlever notre petite blessée.

Ta sœur repose en ce moment Alcide, laissons la profiter de ce bon sommeil, qui réparera ses forces.

— Oh ! Lucile ! Lucile ! prononça le jeune garçon au milieu de ses sanglots, moi qui croyais ne plus jamais te revoir ! avec quelle ivresse je te presserai sur mon cœur. Madame, ajouta-t-il, je vous promets d'être courageux, laissez-moi l'entrevoir rien qu'un instant.

— Je le veux bien. Mais, pas un mot ! pas un soupir !

Madame Déprey ouvrit la porte. France Gondart et son cousin, aperçurent alors la jeune blessée qui dormait paisiblement, sa pauvre petite tête toute pâle appuyée sur l'oreiller bien blanc.

Les amies de France, ces demoiselles Déprey s'étaient faites gardes-malades et veillaient auprès du lit.

—Ma sœur! soupira Alcide, que ne puis-je déposer un bon baiser sur tes boucles blondes.

— Plus tard, mon enfant, répondit Mme Déprey entrainant le jeune garçon dans la chambre commune.

La vaste pièce avait été remise en état, par les hommes que le capitaine Canada avait laissés à la concession, avant de s'engager sur les traces des pillards. Un frugal repas bien nécessaire pour réparer les forces, y réunissait bientôt sauveurs et sauvés.

M. Gondart retraça en quelques mots les évènements de la veille, ainsi que ceux de sa délivrance.

Puis, ce fut à M. Déprey à expliquer sa présence à Sainte Geneviève.

— Hier, dit-il, nous vous attendions pour dîner à la concession du Lac. Ne vous voyant pas venir nous nous mîmes à table et aussitôt après le repas, nous nous disposions à venir chez vous, lorsque ma fille Adèle qui, suivant sa bonne habitude, furetait de côté et d'autre accourut nous dire qu'elle venait d'apercevoir une escadre devant Sainte Geneviève.

— Le capitaine Canada est de retour, dis-je aux enfants. C'est sans doute ce qui retient nos bons amis. Allons les surprendre.

Une heure après, nous étions devant le pont-levis.

Notre étonnement fut grand d'y voir des matelots de garde.

Je demandai aussitôt après vous.

Monsieur le quartier-Maître, ici présent, s'avança et m'apprit ce qu'il savait du drame de la nuit; le retour de M. de Boisléon ; l'état de la concession à son retour et son départ pour aller à votre secours.

— Entrez donc Monsieur, me dit-il, ces dames qui vous accompagnent seront d'une grande utilité auprès de la jeune fille blessée, que nous venons de trouver râlant dans l'une des salles.

Vous comprenez, chers amis, si nous obéîmes.

Pendant que les marins remettaient la concession en état ; qu'ils enterraient les morts, ma femme et mes filles s'installaient auprès de cette pauvre petite Lucile.....

— Et dire que le capitaine et moi nous étions passés près de cette enfant et que nous ne l'avons pas secourue, la croyant morte, interrompit le lieutenant Villois.

— Nous le pensions comme vous lieutenant, reprit le quartier-maître, et c'est en soulevant le corps pour lui rendre, comme aux autres, les derniers devoirs, que nous l'avons trouvé chaud encore. Cela nous surprit comme vous le pouvez penser. Aussi, nous l'étendîmes sur le lit et et j'envoyai un homme à l'escadre, demander l'aide-major qui vint aussitôt et constata que les blessures n'étaient pas graves ; mais, que la jeune fille se trouvait dans une grande faiblesse par suite de la perte considérable de son sang. C'est en ce moment que Monsieur Déprey et ces dames arrivèrent.

Après cette conversation chacun abandonna la table. Les uns pour prendre soin des blessés les autres, pour remettre en place les objets échappés au sac, ou que les vaincus venaient de restituer.

Vers le soir, Arthur de Boisléon reprit connaissance ; mais il était si faible, que le docteur défendit que l'on approchât de sa chambre.

— La moindre émotion pourrait le tuer, dit-il. Je veillerai seul cette nuit.

— Il sera en bonnes mains, reprit France, et je ne doute pas, docteur, que vous rétablissiez bientôt le cher malade.

— Je vous l'ai dit, Mademoiselle, je ferai tout ce qu'il sera possible de faire, pour sauver le capitaine et le rendre à votre amour.

La jeune fille, à ces paroles, abaissa son angélique regard, et remplie d'espoir, elle gagna sa modeste chambre, où bientôt elle s'endormit d'un bon et long sommeil réparateur, dont, hélas ! la pauvre enfant avait grand besoin.

Lorsqu'elle s'éveilla le lendemain, il était grand jour, elle se leva aussitôt et allait demander des nouvelles de ses chers blessés lorsque son père entra dans sa chambre. Après de tendres embrassements, où tous deux mirent toute leur âme, France demanda :

— Comment va Lucile et M. de Boisléon ?

— Je venais justement te donner de leurs nouvelles, ma bien aimée. Ta cousine va mieux, beaucoup mieux, tout fait espérer une prompte guérison. Quant à M. Arthur, il n'en n'est pas de même hélas ! le docteur craint certaine complication...

— Oh père ! exclama la jeune fille, l'aurions-nous retrouvé pour le perdre aussitôt ? Ce serait trop affreux. N'ai-je pas déjà assez souffert !

— Mon enfant, quoi qu'il advienne, nous devons nous soumettre aux volontés de Dieu.

— Comme vous prononcez ces mots, cher père n'auriez-vous donc plus d'espoir ?

— Ma fille, tu es forte ! plus d'une fois déjà, tu as fait preuve d'une énergie au-dessus de ton âge et de ton sexe ; sois courageuse encore et viens serrer une dernière fois, la main de celui qui voulait faire ton bonheur.

La jeune fille suivit son père dans chambre du blessé.

Le docteur était toujours auprès du lit. Il fit signe à la jeune fille de s'approcher, et lui dit très bas, pour ne pas être entendu du capitaine :

— Mademoiselle, écoutez-le, et priez pour lui.

Le capitaine tourna faiblement la tête, tendit une main défaillante à la jeune fille, et lui dit d'une voix éteinte et entrecoupée par l'oppression et des sifflements aigus :

— France ! ma bien-aimée France ! J'aurais voulu jouir d'une longue vie, pour l'employer à vous rendre heureuse. Dieu ne m'a pas jugé digne d'être votre compagnon ici-bas ! Il me rappelle à lui : je pars en me soumettant, et en offrant mon sacrifice pour votre bonheur. Mais avant de vous quitter, je vous dois une restitution... je vous rends votre parole... Lorsque je ne serai plus là, un autre, digne de vous, prendra ma place...

— Jamais ! interrompit la jeune fille au milieu d'un sanglot, et elle ajouta plus bas : Vous seul, aurez toujours mon cœur et ma foi !

— Chère ! chère France ! dans quelques heures, quelques instants peut-être, je vous quitterai.

— Eh bien ! la fiancée du noble capitaine ; la fiancée du blessé tombé en luttant pour elle, sera la femme du mourant.

— France

— Je le veux ! et si Dieu vous enlève à mon amour, votre veuve gardera toujours votre souvenir.

— Bien ma fille ! Ton père est fier de toi et t'approuve, interrompit Michel Gondart. A genoux, enfant, que je vous bénisse tous deux.

France Gondart se laissa glisser auprès du lit, tenant dans sa main celle du jeune homme, tandis que Michel Gondart, plus ému qu'il ne voulait le paraître, posait l'une de ses mains sur la tête de chacun de ses enfants, et leur dit :

— Nous manquons de prêtre pour bénir votre union ; mais Dieu voit votre désir, et du haut du ciel, il ratifie la volonté de votre père. France et Canada, je vous bénis.

France Gondart se releva alors, et tendit son front au blessé, qui y déposa un tendre baiser.

Cette scène touchante, qui avait vivement

impressionné le docteur, épuisa le peu de force du blessé. Le capitaine laissa retomber sa tête sur l'oreiller, et une pâleur cadavérique couvrit subitement son visage.

— Mort ! Mort ! s'écria Franco.

— Non, Mademoiselle. Conservons un peu d'espoir, reprit le major Dumont.

Mais la jeune fille n'entendit pas ces consolantes paroles ; elle s'était affaissée dans les bras de son père.

XXIV

A QUÉBEC

Deux ans se sont écoulés depuis les événements que nous venons de raconter. Des défaites successives ont succédé aux brillantes victoires, et la ruine inévitable de la belle colonie, apparaît saisissante aux yeux de tous.

Montcalm impuissant à soutenir la lutte contre le nombre toujours croissant des ennemis ; trahi par des lâches, qui profitent de la perte de la Nouvelle-France pour s'enrichir à millions dans une curée honteuse, se voit abandonné de la Mère-Patrie, dont le gouvernement de décadence n'a même plus la force ni l'énergie nécessaire pour punir le traître Bigot et d'autres fonctionnaires dont les crimes publics révoltent jusqu'aux ennemis.

Le malheureux général connaît sa position
désespérée ; il refuse d'abandonner le pays,
comme on le lui conseille, il mourra, s'il le faut,
en le défendant ; mais ne verra pas le déshonneur
des armes françaises.

Les Canadiens ont en vain essayé de résister à
l'envahissement de leur vaste territoire. Au Nord,
à l'Ouest et au Sud, les Indiens, soudoyés par
l'Angleterre, ne trouvant plus aucun appui ni
protection du côté de la France, passent en nombre à l'ennemi, ou du moins, se déclarent neu-
tres. A l'Est Louisbourg, notre principal fort,
élévé dans l'île Royale, à l'embouchure du Saint-
Laurent, se rend à l'amiral Boscawen, après plusieurs mois d'un siège désespéré.

Possesseurs de cette île, les Anglais peuvent
se déclarer maîtres du Saint Laurent. Déjà leur
flotte, composée de plus de cent vaisseaux de
haut bord, remonte la grande artère canadienne,
conduite par un traître, dont l'histoire rougit de
conserver le nom. Tout espoir semble perdu, et
l'ennemi, dans une insolente proclamation, offre
la neutralité aux Canadiens, s'ils consentent à cesser toute défense.

«Vous êtes ruinés, épuisés et sans forces,
« et la France est incapable de vous secourir, ac-
« ceptez donc notre puissante protection. »

Il fallait choisir entre la vie et la mort. Les Canadiens n'hésitèrent pas !

— Vive la France ! crièrent-ils ; et tout ce que la Nouvelle-France possédait encore d'hommes valides, accourut sous les murs de Québec, où Montcalm organisait la suprême défense.

L'intrépide général compta ses forces. Elles étaient bien faibles, comparativement à celles qui avançaient vers la capitale. Douze mille hommes formaient toute la petite armée, et parmi ce nombre, il fallait compter des vieillards épuisés, des jeunes gens ayant à peine la force de porter le mousquet, mais qui demandaient à mourir auprès de leur vaillant chef, plutôt que de se livrer à la pieuvre anglaise.

Nobles héros du devoir ! votre sang n'a pas coulé en vain. Le sol de la Nouvelle-France en a été fécondé jusque dans ses entrailles, et aujourd'hui, après un siècle et demi, il ne sort encore de son sein britannisé par la force, que des Français, dont les cœurs battent pour la France, et dont les pensées et les soupirs sont toujours pour la Mère-Patrie.

Québec était admirablement fortifié du côté du Saint-Laurent, qui forme un bassin immense, venant baigner ses falaises de granit et d'ardoise, défendu par des bastions à pic et une imposante citadelle. Du côté des terres, la ville était à peine protégée par des remparts insuffisants.

La première occupation de Montcalm, fut de parer à ce grave inconvénient, en établissant le long de la rive, un camp retranché, qui prit le nom de Beauport, et dont l'action principale était d'empêcher l'ennemi de débarquer et de tourner la place.

Québec était à peine en état de défense, que de Bougainville, commandant la petite flotte française, annonça l'approche des forces anglaises.

L'ennemi avait à sa tête un homme digne, en tout point, de se mesurer avec Montcalm.

Nous voulons parler du général Wolfe, dont la noblesse du cœur, la valeur guerrière et la haute courtoisie, ont fait dire à un écrivain canadien :

« Cet homme aurait dû naître Français. »

Il pouvait être midi, lorsque la première voile anglaise parut à l'horizon, au point où le Saint-Laurent semblait mêler ses eaux bleues à l'azur du ciel de juillet. La nouvelle s'en répandit dans toute la ville comme une traînée de poudre ; aussitôt, tous les habitants accoururent aux bastions surplombant la baie pour reconnaître l'ennemi, et préparer la défense.

En quelques instants, la ville fut déserte. Seule, une maison de la cité haute n'ouvrit pas sa grille: c'était l'ancienne villa de la famille Calmire.

Au moment où les cloches lançaient dans les airs leurs volées d'alarmes ; où le canon de la citadelle envoyait sa première décharge, un jeune homme très pâle semblant à peine relevé d'une longue et cruelle maladie, marchait péniblement, s'appuyant d'un bras sur celui d'une toute jeune femme, et de l'autre, sur l'épaule d'un adolescent.

Tous trois suivaient l'allée tortueuse du petit jardin, et gardaient un profond silence.

Ce fut le jeune homme qui le rompit le premier :

— Chère France, quel touchant anniversaire nous célébrons aujourd'hui. Il y a deux ans que tu as voulu unir ton sort à celui d'un moribond ; deux ans que tu me combles de soins dévoués, et que tu me témoignes les trésors de tendresse de ton grand et noble cœur.

Pourrai-je assez te témoigner toute ma reconnaissance ?

— J'ai ton amour, Arthur, cela me suffit.

— Quelle triste vie a été la tienne, durant ces deux pénibles années, et par quelle suite d'événements n'as-tu pas dû passer ? Je me rappelais justement les événements qui se sont succédé avec tant de rapidité depuis le jour où, étendu sur mon lit de douleur, je reçus ton serment ! Je me sentais perdu, alors. Déjà je te voyais veuve ; seule, abandonnée au milieu d'un pays livré à tous les désordres d'une affreuse guerre.

— Moi, j'avais plus de confiance, mon ami ;

Dieu t'a gardé à mon affection, et je lui en rendrai grâce toute mon existence.

— Pendant quinze jours, je fus entre la vie et la mort, n'ayant même plus connaissance de ce qui se passait autour de moi.

Chaque fois qu'un souffle de vie me revenait au cœur, je te voyais auprès de ma couche, épiant sur mon pauvre visage une lueur d'espérance.

Enfin, un mieux sensible se produisit. Notre bon docteur me dit sauvé, mais ne te cacha pas que la guérison serait lente. Tu envisageas ton rôle avec courage, et jamais malade n'eut auprès de lui, une garde aussi dévouée. Deux mois plus tard, j'obtins la permission de quitter le lit une heure ou deux par jour. Ton vaillant père, aidé du brave Gonidec, me portait alors sous la vérandah. Tu venais t'y asseoir aussi ; tu m'y faisais des lectures pieuses, qui rendaient la force à mon âme. Un jour, nous reçûmes une visite inattendue.

Un prêtre venu de Montréal pour suivre notre pauvre petite armée en qualité d'aumônier volontaire, vint demander à ton père une hospitalité qui lui fut offerte avec transport.

Le lendemain, le missionnaire comblait nos vœux, en appelant sur nous la bénédiction du ciel. Notre mariage fut célébré dans cette petite chapelle que tu avais élevée de tes mains.

Dès ce moment, le bonheur fit ce que l'art du docteur avait été impuissant à réaliser. Je buvais la vie avec la joie. Tu me sauvais autant par ton amour que par les soins dont tu me comblais.

Six mois plus tard, le pays devenait absolument intolérable, et ton père résolut d'abandonner Sainte-Geneviève, y craignant à chaque instant une nouvelle invasion.

Profitant du passage d'une caravane d'émigrants, nous quittâmes la concession, et après un long et pénible voyage, nous arrivâmes un soir à Québec, et nous nous installâmes dans cette maison où nous vivons depuis, auprès de ton père. J'étais bien loin d'être guéri; je ne le suis pas encore, et ne le serai peut-être jamais. Enfin, je m'abandonne à la volonté du Ciel.

— Tu es mieux, pourtant, mon ami ; beaucoup mieux, les forces te reviennent chaque jour davantage.

— Sans doute, chère aimée ; mais je souffre cruellement au moral autant qu'au physique. Lorsque je vois ce cher pays expirant dans les dernières convulsions, faute de défenseurs, je rougis de honte en me voyant dorloter comme un enfant par la plus tendre des épouses, lorsque je devrais être aux remparts.

— Notre pauvre Canada est bien malade, mais

rien n'est désespéré tant qu'il aura à sa tête le glorieux Montcalm.

— Nous avons le plus brave et le plus valeureux des généraux ; mais que fera-t-il sans ressources contre le nombre ?

— Il mourra s'il le faut, sous les ruines de Québec.

— Ah ! que ne puis-je reprendre mon épée et ma place auprès de ce vaillant chef.

— Notre capitale compterait un défenseur de plus, mais une veuve grossirait le nombre de celles que feront bientôt les balles ennemies.

En entendant le tocsin qui appelle aux remparts et le bruit du canon, je bénis presque en ce moment, la blessure qui te retient auprès de moi.

— France ! est-ce bien toi qui parle ainsi ?

— Pardonne-moi, cher ami, mon affection pour toi m'égare et me fait oublier le devoir. Non, je n'aurai pas la lâcheté de te retenir ; si, le jour où l'ennemi escaladera nos remparts, ta main est assez forte pour tenir ta vaillante épée, tu reprendras ta place auprès de Montcalm, et nous, femmes Françaises, nous prierons dans nos églises pour le succès de ceux qui nous sont chers à tant de titres.

XXV

LE CANADA AUX ANGLAIS

Maîtres du fleuve, les Anglais commencèrent aussitôt le siège de la capitale. Ils espéraient, sinon enlever la ville, tout au moins la prendre par la famine. Mais Québec, bien approvisionné, tenait ferme, et se défendait courageusement.

— Durant deux mois, la flotte anglaise envoya d'inutiles bordées, qui se perdaient sur l'inaltérable muraille de granit derrière laquelle Montcalm se tenait à l'abri, et répondait sûrement de ses deux cents bouches à feu.

Déjà l'hiver approchait ; on était en septembre, et l'amiral Saunders, craignant, à juste titre, de voir ses navires s'engager dans les glaces, réunit son conseil de guerre, et il fut convenu que la flotte lèverait l'ancre prochainement, et quitterait le Saint-Laurent jusqu'au printemps prochain.

Le général Wolfe, appuyé sur la barre du vais-
seau-amiral, pleurait de dépit, en braquant son
téléscope sur la ville, qu'il avait juré de conquérir.

Abandonner le siège pour six mois, c'était perdre tout ce que l'on avait pu gagner.

Pendant l'hiver, les Canadiens auraient le temps
de se compter, de s'approvisionner, et de préparer une nouvelle défense. Serait-on aussi heureux
à la campagne prochaine ? En se retirant, il semblait au vaillant général qu'il abandonnait complètement le Canada.

C'était une défaite, un affront aux armes anglaises. Wolfe, nous l'avons dit, était digne de se
mesurer avec Montcalm. Mettant l'amour et
l'honneur de son pays avant toute autre pensée,
il ne pouvait supporter l'idée de voir l'Angleterre
plier devant la valeur de l'armée française.

Toute la nuit, le grand chef, si bien choisi par
Pitt lui-même, pour commander l'armée d'Amérique, resta songeur, les yeux fixés vers la ville
ennemie.

Vers le matin, il fut rejoint par l'amiral Saunders, qui lui dit en lui frappant amicalement sur
l'épaule :

— Général, que n'avez-vous des ailes comme
ces alcyons blancs, notre glorieux drapeau flotte-
rait bientôt à la place des lys de France.

Wolfe se retourna alors vers son interlocuteur,

et lançant un regard où se lisait le génie, il prononça d'une voix calme mais assurée.

— Je n'ai pas besoin d'ailes pour cela, amiral. La nuit prochaine, Québec sera à l'Angleterre.

Cette prophétie devait s'accomplir, hélas ! pour le malheur de la Nouvelle-France.

Durant cette nuit, Wolfe avait mûri un plan qui devait paraître insensé à toute autre qu'à lui.

A deux milles environ, au-dessus de Québec, la falaise s'ouvrait à pic et livrait passage aux eaux du Saint-Laurent qui formait dans cette anfractuosité une petite baie appelée Baie au-Foulon. Un sentier étroit, escarpé, conduisait péniblement à la falaise granitique, et formait du côté de la mer le seul endroit donnant accès au plateau sur lequel s'élevait Québec.

Ce point, qui paraissait à tous inaccessible, était le moins fortifié.

Le général Wolfe avait remarqué cette imprévoyance des Français, et il résolut de la faire profiter aux armes anglaises.

Averti par les espions de l'infâme Bigot qu'un convoi devait cette nuit, passer sous les forts de la ville, il n'hésita pas à descendre avec ses hommes dans des pirogues, et doublant, à la faveur de l'obscurité, le Cap-Rouge, il répondit hardiment au signal du fort.

Une heure plus tard, il gravissait la falaise et atteignait le plateau.

Le Canada était perdu !

Profitant du reste de la nuit, le général s'avança en contournant la ville, bien décidé qu'il était, à s'en emparer par les hauteurs à peine fortifiées, et mal protégées par la citadelle elle-même.

Québec, fierde sa noble résistance de deux mois, pressentant la prochaine disparition de la flotte anglaise, reposait dans un calme aussi tranquille qu'imprudent. Déjà les habitants rêvaient aux fêtes qu'ils donneraient l'hiver, à leur glorieux protecteur. Tous pourtant ne dormaient pas.

A l'extrémité de la ville haute, près de la campagne, une fenêtre était ouverte à la villa Calmire, et une ombre se voyait nonchalamment appuyée au balcon qui dominait la plaine opposée à la mer.

Depuis longtemps déjà, le capitaine Arthur de Boisléon était plongé dans sa contemplation, lorsqu'une voix l'appela, à l'intérieur de la chambre :

— Comment mon ami, vous n'êtes pas encore couché. Quel imprudence, de rester ainsi exposé à l'air froid de la nuit. Demain, France vous grondera certainement.

— Soyez indulgent, beau-père. répondit le capitaine en se retournant. Il n'est pas si tard.

et du reste, la brise me faisait bien, je me
sentais ce soir la tête en feu.

— Ce soir ! beau rêveur ! Mais il est deux
heures du matin. Fermez donc cette fenêtre,
vous allez prendre mal.

— Un dernier coup d'œil sur cette admirable
plaine, cher Monsieur Gondart, et je vous obéis
aussitôt.

Arthur de Boisléon promena comme il le disait,
son regard sur les plateaux environnants, et il
allait se retirer, lorsqu'il poussa tout à coup un
cri terrible, cri de rage et de dépit, et refer-
mant brusquement la croisée au risque de faire
sauter tous les carreaux, il s'élança dans sa
chambre, saisit son épée, et s'apprêtait à descendre sans dire un mot, lorsque M. Gondart l'arrêta :

— Qu'avez-vous vu, Arthur ? Que se passe-t-il
donc ?

— Nous sommes trahis ! mon père. Vite !
Vite ! je cours chez le général, et il ajouta :

— Protégez France, veillez sur elle, si je ne
reviens pas !

— Mais, mon ami, pas tant de précipitation !
Votre blessure va se rouvrir ! Soyez prudent.

— Et qu'importe ma vie ! cher père : voyez
vous-même, l'ennemi a envahi la plaine. Il y va de
l'honneur de la France.

Et sans en dire davantage, le jeune officier,

sentant ses forces revenir à l'heure suprême,
franchit en quelques secondes, la distance qui
séparait la villa de la citadelle.

Quelques instants plus tard, les tambours bat-
taient la générale, le canon tonnait aux ramparts,
et Montcalm, ayant à ses côtés le capitaine de
Boisléon, partait à la tête de quelques milliers
d'hommes, à la rencontre de l'ennemi.

Les Anglais l'attendaient rangés en bataille
dans la plaine d'Abraham, où allait se jouer, en
quelques heures, le sort de la Nouvelle-France.

On connaît le résultat de cette mémorable journée, pendant laquelle deux des plus grands généraux qui se soient trouvés en présence sur un
champ de bataille, tombaient tous deux, presqu'à
la même heure, offrant généreusement leur vie
pour l'honneur de leur pays.

— Vive Montcalm ! s'écriait le général Wolfe
en recevant une balle en pleine poitrine. C'est un
honneur pour l'Angleterre, d'avoir à lutter contre
un tel homme !

— Vive la France ! répétait à son tour Montcalm
mortellement blessé. Je meurs à temps pour ne
pas voir les Anglais à Québec.

Quelques heures plus tard en effet, l'ennemi
prenait la ville. Le Canada était vaincu ! et pendant que l'Angleterre éteignait le dernier batte-
ment de cœur de ce noble et généreux pays,

Arthur de Boisléon, si justement nommé *Canada*, tombait en voulant protéger en vain son général.

Le lendemain 15 septembre 1759, les corps de Montcalm et du jeune aide-de-camp, transportés mourants au couvent des Ursulines, étaient déposés en grande pompe dans un caveau de la chapelle du couvent, où tous deux avaient rendu le dernier soupir, en priant pour la France, qu'ils avaient si tendrement aimée, et si noblement servie.

Michel Gondart qui ne pouvait supporter la présence de l'Anglais sur la terre française, abandonna bientôt la villa Calmire à la famille Déproy, qui l'avait suivi à Québec. Quelques jours plus tard, il s'embarqua avec sa fille, son neveu, et la charmante Lucile, bien guérie de ses blessures, et alla habiter le domaine de Sainte-Marie-en-Mer, devenu l'héritage de la jeune veuve du capitaine de Boisléon.

Il va sans dire que le *Chercheur de pistes* revint en Bretagne avec la famille Gondart. Il reprit son vrai nom de Jean Gonidec, et il eut la joie d'y retrouver sa vieille mère et ses jeunes sœurs, qui devinrent les amies de la jeune et noble châtelaine France de Boisléon.

FIN

APPENDICE

APPENDICE.

I

Montcalm mort ; Québec dut capituler. Mais les survivants de ses glorieux défenseurs pouvaient encore souffrir ! Ils ne se rendirent pas, et profitant des ténèbres de la nuit, gagnèrent le camp de Beaufort, où, ils se joignirent aux troupes de Bougainville.

Les débris de l'armée de Québec ne pouvaient songer à tenir contre les forces anglaises. De Bougainville le savait, et il prit le seul parti possible, il se replia, en toute hâte, sur Montréal que gardait le Chevalier de Lévis, le digne successeur de l'immortel Montcalm.

Tant qu'un soldat français serait debout sur le sol canadien, la noble nation ne voulait pas désespérer. Et il y avait encore quatre mille hommes ! bien décidés à se défendre jusqu'à la fin. Que dis-je ! malgré le rigoureux hiver et leur petit nombre, ils songeaient déjà,à reprendre Québec.

Après quelques semaines de repos, ils marchèrent donc sur la capitale. Cette poignée de braves rencontra l'ennemi, au même endroit, où avait combattu Montcalm. Cette fois, les plaines d'Abraham virent une glorieuse victoire, qui coûtat, il est vrai, le plus noble sang français. Bourlamarque et ses grenadiers tombèrent, où était tombé Montcalm. Qu'importait! l'anglais était battu, humilié et en fuite. Fier de son succès, la petite armée vint poser le siège devant Québec. Un instant, de Lévis put se croire vainqueur.

Malheureusement William Pitt, le plus grand homme d'Etat qu'ait vu l'Angleterre, veillait au succès de ses armes. Il envoya une importante escadre, au secours des assiégés.

Le Chevalier de Lévis, ayant perdu une grande partie de ses hommes, dut se replier sur Montréal où bientôt, le suivaient trois armées ennemies, fortes de plus de 25,000 hommes.

Montréal n'avait pour toute défense, qu'une muraille insignifiante et *12 mauvaises* pièces de canons.

L'Angleterre allait demander la dernière goutte de sang canadien ; elle l'eut bientôt. Le 8 Septembre 1760, le colonel commandant la place, signa la capitulation de Montréal, qui fut en même temps l'acte de cession du Canada à l'Angleterre.

Suivant les conditions du traité les glorieux restes de l'armée canadienne revinrent en France, où le Chevalier de Lévis et ceux qu'il avait si noblement commandés reçurent les honneurs dûs à des héros !

Le gouvernement enfin éclairé, sur les ignobles agissements du traître Bigot et de ses complices, les fit passer en jugement. L'instruction dura plusieurs mois. Enfin, après de longs débats, Bigot et sa bande durent restituer douze millions à la France, et prendre la route d'un exil perpétuel.

II

Abandonné des Français, que devint le Canada ?

L'acte de cession portait que les colons conser-
veraient leur religion, leurs biens et leurs lois.
Nous devons dire à l'honneur de l'Angleterre qu'elle
respecta loyalement les clauses du contrat.

Cependant, en 1836, plusieurs violations ayant
été commises, des insurrections s'en suivirent et
donnèrent naissance à la nouvelle constitution de
1840.

« Cette constitution (1) fait de ce pays une sorte
« d'Etat indépendant, nominalement soumis à
« l'Angleterre. Cette constitution est modelée en
« grande partie sur celle de la métropole : le pou-
« voir législatif appartient à un conseil législatif
« nommé par la couronne, et à une assemblée
« législative composée de 130 membres, et qui seu-
« le vote les impôts.; le pouvoir exécutif est exercé
« par le gouverneur général nommé par l'Angle-

(1) Malte-Brun et Th. Lavallée.Géographie universelle
Tom. 6 page 428.

« terre et qui est assisté de ministres respon-
« sables.

« Les lois qui régissent les deux Canada sont :
« les actes du parlement anglais relatifs aux co-
« lonies, les coutumes de Paris antérieures à l'an
« 1666, les édits des rois de France, le droit ro-
« main, le code criminel d'Angleterre tel qu'il
« était en 1774, et tel qu'il a été expliqué dans les
« actes subséquents. »

Le 29 Mars 1867 la constitution canadienne
subit un nouveau changement. Le parlement britannique voulant assurer la stabilité des colonies
du Nord-Amérique et augmenter ses forces, réunit
toutes ses possessions en une vaste confédération
qui prit le nom de *Dominion of Canada*.

Depuis cette époque, le siège du gouvernement
est établi à Ottawa, sur la rivière du même nom,
dans la province de l'Ontario. Cette ville, bien bat-
tie, possède un évêché, sa population est de 18,000
habitants.

Québec, siège d'un archevêché, est restée la capitale du Canada. Cette ville est aujourd'hui fort
considérable, grâce à son port de commerce et de
guerre qui est malheureusement formé par les
glaces du St Laurent, pendant une grande partie
de l'année.

La principale ville du Canada est Montréal. Sa
population actuelle est de 90 000 habitants. Admi-

rablement située entre le fleuve et le *mont Real* auquel elle doit son nom, cette ville est le centre principal du commerce canadien, avec les Etats-Unis et toutes les provinces de l'Union. Ses rues sont larges et très-belles ; bordées, pour la plupart, par de vastes magasins où viennent s'entasser toutes les richesses du Nouveau-Monde, et tout particulièrement les pelleteries des compagnies du Nord.

La ville entière est très-animée ; mais, la rue Notre-Dame l'emporte sur toutes les autres, et, la splendide Cathédrale qui s'élève au centre, voit passer tout le jour, devant son porche, une foule énorme que la nuit disperse avec peine.

La population totale du Canada est de 2 500 000 habitants. La plupart d'origine française sont catholiques; malgré un siècle et demi de domination anglaise, ils ne parlent que le français et conservent au cœur un amour violent pour la mère-patrie; amour qu'ils nous ont bien témoigné lors de nos derniers malheurs en 1870.

Rappelons en terminant, ce que le comte de Castelnau nous apprend, dans ses relations de voyage au Canada, sur les races primitives qui semblent s'éteindre devant la civilisation.

« Je dirai ici quelques mots de l'état présent
« des indiens. dans le Canada.

« Les Missisaguas forment la principale tribu,
« et habitent le long du St-Laurent et du lac On-
« tario. Une centaine se trouvent autour de Kingston
« et à Gouanoqui : ce sont de malheureux ivrognes
« réduits à la misère la plus abjecte. Ceux de la
« baie de Quinto et du lac du Riz sont au nombre
« d'environ quatre cent cinquante, et suivent les
« formes du christianisme. Sur la baie sont aussi
« trois cent Iroquois, dont quelques-uns sont fer-
« miers. Sur la grande rivière du lac Erié sont
« plus de deux mille Iroquois ; et plus à l'Ouest
« environ quatre cent quarante-cinq Monseys ou
« Delawares. Une autre partie de la même tribu
« est établie dans le Ouisconsin autour du lac des
« Winebagoes ; enfin quelques centaines de Hu-
« rons Catholiques sont en face de Détroit.

« Dans le bas Canada, l'on trouve près des

« Trois Rivières les restes de l'ancienne et puis-
« sante tribu des Algonquins réduite à environ qua-
« trevingts individus, et sur la rive opposée, entre
« Saint-Francis et Becancour, trois cent soixante
« Abenaquis, qui habitent des huttes recouvertes
« d'écorce ; plus bas, au saut St. Louis, à St. Régis
« et au lac des Deux-Montagnes, sont trois éta-
« blissements d'Iroquois, montant en tout à envi-
« ron seize cents. A cette dernière localité se
« trouvent aussi environ six cents Algonquins et
« Nipissings.

« Quant aux tribus du Grand Ouest, elles sont
« encore dans un état complet de barbarie ; cepen-
« dant chaque année des missionnaires catholiques
« et protestants pénétrent parmi elles.

« «Enfin nous voyons, d'après les rapports
« officiels fournis au parlement d'Angleterre, que
« le nombre d'Indiens du Canada qui se présen-
« tent pour recevoir les annuités que leur accorde
« le gouvernement britannique se monte à 16 314
« individus répartis de la manière suivante :

« Québec 652; Saint-Francis 541; Caughnawaga
« 967 ; lac des Deux Montagnes 887 ; Saint-Régis
« 358 ; Kingston 859 ; Torronto 781 ; Niagara
« 1857 ; Amherstbury 5906 ; et Pelequontachin
« 3516. »

L'on voit par ces chiffres combien les grandes
peuplades qui couvraient l'immense territoire

Canadien, avant la conquête, diminuent avec rapidité, et l'on peut prévoir, dès à présent, l'époque où les derniers descendants des Incas disparaitront à jamais du sol de leurs aïeux.

TABLE DES CHAPITRES.

———

FIN.

Arras. — Imp. Sueur-Charruey, Petite Place, 20 et 22.

R A P P O R T   15

graphicom   338.57.70

1   10

MIRE ISO N° 1
NF Z 43-007
AFNOR
Cedex 7 - 92080 PARIS-LA-DÉFENSE

BIBLIOTHEQUE NATIONALE
CHATEAU DE SABLE
1986

www.ingramcontent.com/pod-product-compliance
Lightning Source LLC
Chambersburg PA
CBHW071811020726
47502CB00004B/1071